ZUN

Tadeu Rodrigues

Depois que as luzes se apagam

Para você, Palhaço.

*"Nunca há paraíso
aqui e
agora
– mas amanhã tem circo!"*
ORIDES FONTELA

*"O palhaço não é tirano nem miserável
mas se veste de tiranias e misérias
para mostrar tiranos e miseráveis"*
LUAN LUANDO

I

Aconteceu no Edifício Fabuloso, num quarto do andar térreo. Cheiro de velho, de suor seco com desodorante barato. O quarto aceitava cordialmente as caixas de papelão pintadas, empilhadas no cantinho como se fossem lixos reciclados, uma muda e confidente mesa de cabeceira torta, companheira do chão, com livros e muitas folhas de papéis meio soltas, meio organizadas; folhas manuscritas sobre a cama, e a cama sobre os tacos de madeira mortos.

Dois médicos peritos municipais estavam parados na porta decidindo como mexeriam naqueles escritos, calçavam luvas sujas de fuçar em mortos e respiravam um ar pesado e cúmplice.

Convencidos pelo relatório que seria entregue aos seus superiores do IML, disputaram a posse das folhas. Que letras falassem no lugar das bocas. Páginas marcadas pela letra cursiva do Inácio, idoso não lamuriante que naquele quarto teria habitado, dormido, pensado, pesado.

Um relato em primeira pessoa, anotações pessoais, algo que o valha. Se honesto, escrito para ser queimado. A voz alta, veloz e missionária de um deles começou a ler aquele diário, até que a leitura ficou lenta como as palavras pediam. E lá estava escrito:

2

*A Cidade faz barulho. É uma letra maiúscula.
É uma Filha da Puta.*

Eu, porteiro velho aposentado, aguento rareado a sustentação de um prédio inteiro, e o Edifício Fabuloso me conhece no âmago. Encerrado das minhas funções de porteiro por conta da idade, acordamos a minha troca de zelador e morador por apenas a de morador. Consentimento forçoso que tive de fazer. Se os seus olhos estão aqui me lendo, é provável que o meu corpo não esteja mais por aí no mundo. Talvez eu habite um lugar comum sob a terra. Conto do que vi até minha ânsia sarar. Cheiro loção pós-barba e fedo como os velhos fedem. Lembro que eu fungava, molecote, velhos magricelas de pele e osso; cheiro próprio, dava barato. Acabei me tornando um pele e osso também, mas em minha defesa, ou em meu escárnio, um pele e osso letrado, letrado demais.

Memórias alheias não costumam ser interessantes, cumprindo o seu papel. O homem tem mania de perpetuar coisas desinteressantes, vide os cartórios e os *blockbusters*. Vide as missas e as promessas. Vide os vigias e as portas de estabelecimentos 24 horas. Estamos num estado de cinismo que não incomoda, se não regrar nada. Fora desses papéis – páginas e páginas de lamentos rebuscados da minha história meio medíocre, meio fantástica –, há vida. E a vida aceita todo tipo de gente. Parece puteiro sujo com ala VIP com uma capela nos fundos. Puteiros são caros. Capelas são mais.

A princípio, vou me pincelar para não me rebuscar, sou um calhado. Não simplório a ser burro, nem clássico a ser conservador.

Agora, nos meus 80 anos, os acontecimentos estão perenizados. A memória recente é a mais honesta. Mas e a memória antiga? É memória da memória. Um privilégio eu poder contá-las, não um desloque machadiano entre as ruas cariocas do *Brás Cubas* no capítulo sobre o delírio, muito menos um gado do Orwell sofrendo na *Fazenda Modelo* do Chico.

Lúcido sobre suas mãos, sou um encaixe, como creio. O meu próprio divisor, tal qual o novo testamento em contraposição ao antigo, só que sem perfeições, sem santos, sem jesus, sem diabo, sem maniqueísmo. E nada disso merece a propriedade das letras maiúsculas.

3

Quando eu era pequeno, me escondia de adultos que falavam alto. Gostava dos que contavam histórias baixinho. Risadas não, essas podiam ser altas.

O circo confunde objeto trabalhado e trabalhador. Coisa de gente que conta histórias com livros fechados: contam mentiras. Hoje é *démodé*.

Porteiro ou morador, o andar térreo me guardava no mesmo quarto, em nove metros quadrados na parte de trás do elevador, desde que o circo me jogou no lixo.

O sentimentalismo dita a ressaca da vida, a qual, sob sua influência, escrevo talvez porque a velhice acentue isso. Há tempos eu tinha sido um bom palhaço circense. Mas acabou para a minha depressão. Meu aniversário de 50 anos aconteceu na mesma data que o circo faliu. Faltava público? Não. Queriam (e ainda querem) assistir aos mágicos e trapezistas e não só às novelas, séries e filmes – muito menos os que fazem chorar, não sei. Querem os escapes nos picadeiros, nas tortas, nas buzinas.

Na mesma leva da má sorte passada, que desgraça é péssima em ser solitária, ante aquela falência, um produtor ainda conquistou e levou embora a minha esposa. Circo fechado e eu solteiro e sem amor de novo. Nunca mais quis algo com circos ou com relacionamentos. Não falo da minha ex-mulher, jurei jurado. Não são nessas linhas que você vai saber algo dela.

Eu tinha pouco dinheiro, 50 anos e uma coleção de erros. Difícil recomeçar naquela idade. Quando eu era pequeno, minha mãe pedia graça a São Filomeno, santo protetor dos palhaços. Reze, filho, reze. Nunca achei (a) graça, e depois virei ateu. Se o palhaço faz rir, a igreja está feita. Pela sorte que ex-palhaços falidos devem ter, eu estava dadivado. Por isso, nada me faria rezar.

Covarde, o circo findado fabricou a minha tristura, foi sofrido estar fora dele. Sentia minha história traçada e, perto do fim, eu estava errado. Tentei não entrar em pânico, eu já era maduro. Deixa disso, ficar velho é aprender na marra a deixar disso. Problemas grandes ou pequenos: deixa disso. Certo de que qualquer outra coisa daria errado, começar em um novo circo seria um erro. Tudo. Errado. De novo. Uma nova espécie de silêncio. E o silêncio, quando oprime, perturba.

Mas as coisas mudaram.

Naqueles 30 anos atrás, a esmo pelas ruas, vi restos de cimento que grudavam na calçada e três serventes de pedreiro preguiçosos que os raspavam no que viriam a ser paredes de um novo prédio. Culpa da prefeitura que não nos deixa colocar mais caçambas, eles me disseram enquanto eu desviava dos entulhos na calçada. Havia plásticos nas maçanetas das portas encostadas num preparado de ferro e alguém sem pressa instalava o portão da frente. A placa escrita à mão grosseira me dizia que contratavam zelador/porteiro. Com o não, minha roupa na mochila e um resto de *pancake* no rosto, em alguns minutos eu estava de frente com a jovem recrutadora, que estava sentada numa mesa de plástico munindo fichas. Não deram 20 minutos de entrevista. Entregou-me o sim e uma nova moradia: um quarto no próprio prédio, este mesmo quarto de onde escrevo. Não sei o porquê da afeição da moça comigo, mas nossa parca troca de palavras bastou. Fui contratado! Nunca vou me esquecer dela. Tinha um semblante encovado e parecia a Bibi Andersson recém-saída de *Morangos silvestres*, era amante de circos, por acaso gostava de palhaços e, talvez por isso, eu tinha aquele emprego, que seria meu para sempre; o meu para sempre.

4

Quem não se suporta não pode morar em bando.
Isso não está na Bíblia.

Moradores insólitos me tratavam com um sorriso clemente para que não parecessem pecadores. E eu a eles. A classe média ataviava com seus rostos arrogantes os corredores do Edifício Fabuloso convencida por festas, logo no começo da construção, quando ainda cheirava a novidade. Nunca me ofereciam comidas ou olhares. Não que o edifício fosse de luxo, mas os candidatos a novos ricos gostavam da localização afortunada dele. Os bairros se repartem por zonas não à toa. Guetos ali. Bairros arborizados lá. Favelas ali. Ruas pavimentadas lá. Casas feias e pequenas ali. Mansões muradas com arames que dão choques lá. Zonas se movimentam. Uma fazenda pode se tornar uma grande comunidade pobre, como a *Rocinha,* no Rio. Divisões teóricas de cientistas sociais que servem para o mercado imobiliário se aquecer e encher os olhos dos corretores ao dizer Zona Sul, Zona A, Zona Rica, Zona Branca, Zona Hétero, Zona de Família, Zona de Deus. Alguns corretores até babam nas suas gravatas grandes e baratas.

A cidade acaba por ser um conjunto desafinado de problemas sociais que ninguém quer assumir. Filha sem pai nem mãe. O Fabuloso, estático, se movimentou e, com o tempo e o aumento da pobreza nos seus arredores, ruiu. Na decadência grosseira, quem prezava pela própria imagem – quem conseguiu galgar classes – se mudou. Velhos ricos não se importaram, demoraram mais a ir. Fazem o que for, podem e ninguém diz o contrário. Então, em algum tempo, o ambiente no Fabuloso era outro, precário.

Aposentado, continuei na ligação entre o prédio e a pessoa. Entre o Fabuloso edifício e o concreto dos homens. As pastilhas coladas na fachada saem de moda. Construções saem de moda, como as roupas, como se vestissem o que os estilistas dos tijolos querem. Use esta cor. Olhe esta luminária. Esta cadeira que tem nome de gente não combina com o clima quente. Uma putaria decorativa.

Vi a ascensão e a destruição física e metafísica do prédio. O metafísico? Pois se aprende que imóveis são entidades. O cimo, quando nos conformes da época, ou como diziam: Fabuloso, moderno com presença. O tempo faz o mesmo com cimentos e peles, acaba com eles.

Não demorou para aparecer o cheiro de sujeira desprendido nas tintas descascadas, que deixam qualquer cor acinzentada, elevador funcionando sabe-se Deus como, paredes trincadas da envergadura natural de obras altas sem manutenção, janelas dos apartamentos vazios quebradas e lixo por todo lado numa dança aterrorizante do vento. O Fabuloso e eu somos uma junção de autêntica pobreza. Ou, como disse um arquiteto nojento que morou aqui uma vez: uma autêntica inópia.

Mudaram-se para cá os falidos que podiam pagar um aluguel barato. Dez andares, 40 famílias. Eu sabia de cada um. Um *voyeur* sem cenas libertinas, mas com imoralidades, onde mostram o que quer que vejam, ora ou outra se entregam. Uma amante que entra devagarinho, um grito que sai, uma propina por algo ilícito para o cara da frente que se paga, um que sai com cara de briga, outro que chega apaixonado, encomendas que demoram séculos, que me cobram como se eu fosse dos correios, molequinhos que aparecem com pacotes plásticos que o morador maconheiro pega rapidinho. E houve de tudo: do Apolinário, que demorou para morrer, ninguém foi ao seu velório. Era um homem mau, diziam. À Melissa, estudante excêntrica que transava com mulheres mais velhas e uivava quando bebia. Do Serginho, que já me ofereceu dinheiro para que eu fizesse um boquete escondido nele. Não fiz. Ao Hermes, contador hipocondríaco. Das pessoas mais normais, de longe, como a Amanda Peixoto, o Paulo Amorim, o Fernando Fichel, o Leonardo Paes, a Cíntia Mendes, o Gurgel, o Tampa, o mecânico Mauro e a sua esposa beata ao Ramires, argentino rejeitado que tocava bossa-nova. Do Laurinho, traficante de drogas baratas assassinado em uma noite que havia me dito que iria mudar de vida. À Rosana, que só usava preto e cabelo empastado. Da Olga, que cheirava carne frita. À Vera, depressiva do último andar. Do casal gay Bernardo e Luiz, do quinto, que vivia com oito gatos. À Mara, que tinha a mania de roubar cuecas dos caras que transava. Do Chico, que era o único que me dava algum presente no Natal. À italiana Giovanna, que cozinhava para fora e ficava dias sem aparecer. E de mais alguns não tão fixos que iam e vinham como a facilidade e a certeza das marés.

5

Tumulto. Tumulto. Tumulto.
A gente precisa de gente.

A rotina fatiava o menino Estevão entre casa, hospital e, com menos frequência, escola. Hospital porque era doente preso a um balão de oxigênio com rodas assobiantes. Obedecendo às ordens dos maus agouros, ele não podia se cansar – era o que a doença dizia.

Aleijadinho infeliz, pensei na primeira vez que o vi. Aos cinco anos parecia uma peça de louça puxando cilindro com o ar amarrado por um cano íntimo do nariz feito coleira.

Quando de passagem à porta, éramos acenos. Porteiros ajudam os gestuais. Sabe-se: sacola na mão, porteiro ao lado. Telefone nos ombros, porteiro ao lado. Para alguns, *concierge*. Nomes estrambólicos para profissões ordinárias.

O trabalho tirava a sua mãe, Ana Lúcia, de casa às 7h e a devolvia entre 20h e 21h, por isso a presença solitária do garoto era sequente à sua casa, quando não enfurnado no hospital.

Ana Lúcia me distanciava em uma ruptura morador-funcionário, chistoso que dividia comigo uma fatia da baixa pirâmide socioeconômica. Que seja, eu tinha que servir, quem quer que fosse. E quando eu não servia, lia.

E fazia escondido. Morador não gosta de porteiro leitor. É blasé. Pobre não pode ser blasé. Velho pobre porteiro, então. É futebol, encomendas e climas.

Ana Lúcia era uma mistura de humor e agridoce. Seus cabelos longos o suficiente para lhe cobrirem as costas, e estou certo de que serviam de cartões de visitas, e quando necessário, revelar autonomia e firmeza.

Tenho vagas recordações do menino Estevão nesse início da mudança deles pelo pouco diálogo que tínhamos, mas a partir dos seus oito anos o nosso contato melhorou, já que a frequência no hospital diminuiu significativamente. Nossa história improvável começa neste ponto, quando ele tinha oito e eu 80.

Ele foi minha multidão e eu a dele. As suas estranhezas se acalmaram. Acostuma-se com as fanfarronadas da vida. Até leite com goiabada, porque alguém disse que é bom. Ele, principal com acessório. Eu, fim iminente avisado.

Moravam no 301, mãe e filho. O mesmo nome do pai eternizava a genética nominal do menino Estevão. Brincar naquela casa era ímprobo. Logo aos três anos, pulmão e coração deram-lhe a má notícia: os médicos lhe sentenciaram, no máximo, mais dois anos de vida, talvez menos. Aos oito, já vencera a estatística. Ana Lúcia falava em milagres, ignorando as exceções da medicina. Milagre que não se opera tanto em outros menos afortunados. Milagre o copo não ter caído da beirinha. Milagre o menino não ter caído de cabeça. Milagre eu ter podido dormir mais hoje. Milagre que o carro passou de raspão. Milagre que o café não caiu direto na calça. Milagre que não descobriram a fraude. Milagre que não sacaram a mentira. Milagre que a cárie não se espalhou. Milagre que deu negativo. Milagre que deu positivo. Milagre que ela se foi. Milagre que ele ficou. Milagre que ainda tem manteiga. Milagre que a conta veio mais baixa. Milagre que a visita desmarcou. Milagre que emagreci 652 gramas.

A solidão lhe dava saídas aclaradas no que as pessoas com seus olhares coitado-do-doente apresentavam escuras. Menos solitário por conta da companhia compulsória do cilindro de ar, revestido de cores além do gelado-cinza, adesivos e desenhos com canetinhas borradas e fluorescentes. Na minha época era só lápis preto. Monocromatizava os palhaços, os carros, as árvores, os soldadinhos de batalha em papéis amassados. Joga fora, garoto. Ou o caderno da escola quando me ensinaram sobre letras e vida no canto meio iluminado dos acampamentos das cidades pequenas que são afeitas ao circo. Na falta de atração, qualquer uma serve. Ganhávamos nas entradas e nas pipocas. Ainda que em tom de reclamação: é muito caro, quantos quilos de pipoca eu não compro por esse valor? Mas temos outros custos, senhora.

Por mais que a medicina não desse grandes espaço e tempo para Estevão, Ana Lúcia acreditava em anos longos remodelados de futuro para o filho. Deixava a preocupação lá fora quando entrava em casa, como filha bastarda não merecedora de herança. Isso me lembra que, por descrédito hereditário, uma vez um rapaz de uns 18 anos matou o pai lá no circo; uma família esquisita que nos acompanhou por um par de meses. O pai estava dormindo. O filho chegou pela frente. Ele tinha os olhos saltados para fora. A faca tinha 60 centímetros. Facão. Usávamos para cozinhar. Cumpriu seu papel de cortar carne. Um vai e vem só. Bem no pescoço. O pai nem viu a cara do filho assassino.

Milagre, morreu rápido. Com sangue esparramado por todo lugar, o menino fugiu. Ninguém soube do seu destino por um tempo, nem porque matou. Autoridade não investiga morte de pobre. Anos depois ele apareceu, soltinho. O pai havia deixado um carro velho, um Opala, que ele queria de herança. Não tinha direito a nada: gente que mata não é herdeiro, desgraçado oportunista, vou chamar a polícia. Nunca mais tivemos notícias dele. O carro sumiu no destino desventurado.

Vocês devem estar se perguntando sobre o pai do Estevão. Como dito, era também Estevão. Ele não suportou a pressão mais forte no coração e não viu o filho nascer. Sentiu uma pontada, e outra, e outra; até doer demais e cair durinho. É comum gente sem recursos morrer do coração. Bateu a cabeça, morreu do coração. Deu pelota no corpo, morreu do coração. Avermelhou o pescoço, morreu do coração. Tossiu por dez dias, morreu do coração. Levou um tiro do policial na testa, morreu do coração. Amputou a perna, morreu do coração. Bebeu demais, morreu do coração.

Ana Lúcia era o avesso da bonança. Sem parentes vivos, não era ligada à família boca-suja ausente do marido. Foi mãe solitária a duras penas. Desalentada, caminhou bem. A consternação pode nos empurrar para frente. Não sei o porquê, mas me veio à cabeça um sujeito do circo chamado Maçarico que dizia: lágrima é combustível. Maçarico morreu queimado. Fez uma fogueira com o Manoel e com o Quinhão. Era São João. Festa de gente feliz, minha mãe dizia. Maçarico carregava um litro de álcool na cintura e outras duas garrafas nas mãos para acender os pedaços de madeira. Nem preciso contar. Apagaram o fogo com vassouradas enquanto ele berrava. Foi internado com a pele descolada da carne. Morreu depois, alguns dias só. Foi manchete de várzea. Só assim para desvalido sair no jornal.

Ana Lúcia era garçonete e recebia para o básico. Ganhava comida no fim do dia; resto. Mas era resto bom que cliente nenhum botava a boca. Sempre em casa com a sacolinha de papelão do restaurante ainda cheirando a fome.

Difícil suas finanças irem bem quando os gastos com a saúde do menino aumentavam a cada ano. O mexerico corria, todo mundo sabia do aperto deles. Quando o filho era novinho, precisava ficar em casa a maior parte do tempo, o que fez Ana Lúcia fazer empréstimos com parcelas longas. Por certo, teria uma babá se pudesse. Privilégio de poucos. Gente simples tem um monte de cuidador de graça. Todo mundo cuida. Educação retalhada. Um grito aqui, um leite a mais. Mas com Estevão não, por óbvio. Certa vez perguntei por que não a creche pública. Ela não gostou: não dá! Graças a um advogado público, brigou na justiça por tratamento e remédios. O defensor era primo do Sérgio, do 504. O causídico por vezes aparecia com um abraço dramático e uma voz alta no saguão: o tratamento do menino é de graça, coitadinho, dizia velando seu preconceito e fazendo propaganda dos seus serviços. Estevão gostava da comida do restaurante. Da sua careta honesta de criança, lia-se que preferia a comida pronta à feita pela mãe.

6

Brincadeira de roda. Gira até voltar ao lugar de partida.

Criança faz amigos na escola, quaisquer que sejam as estranhices. Das regras sociais justas da vida infantil. O menino maneta, o afeminado, o machão que chora escondido, o bunda mole, o banguela, o meio burro, o estúpido, o que arrota com água, o que tem cara de capivara, a que parece uma fada, o menino do balão de oxigênio. O que muda são as troças.

João e Maristela foram os escolhidos de Estevão; amigos e protetores. Em tempos saudáveis, eles vinham aqui no Fabuloso.

7

Posso falar sobre mim? Então, escuta bem.
Só vou falar mil vezes.

O elevador desceu e ninguém saiu. Subiu. Desceu. Uma, duas vezes. O elevador abriu, o elevador fechou. Ninguém. E de novo. Olhei para o corredor de repente. Fiquei zonzo. Não posso levantar a cabeça rápido demais, dá tontura. Vejo as coisas duplicadas. E não é pela idade, isso é desde novinho. É gastura da cabeça, meu tio falava. Todo mundo teve: sua avó, seu avô, todo mundo que morreu do coração. São labirintos. Labirintos da cabeça, mas que viram doença se não tomar remédio. Não dói. Só aturdia. Esperei o elevador voltar vitrinando todos os números apertados. Vazio. Entrei e subi. Primeiro andar, segundo. Ninguém. No andar de cima, o terceiro, Estevão com os olhos arregalados sobre mim, e o seu carrinho, chisparam sobre um grunhido sem ritmo e sem óleo. Ladeei-o com a velocidade dos velhos com labirinto. Ele, mais veloz, bam! Bateu a porta na minha cara. Sua respiração dava pra ser ouvida do outro lado. Parecia a iminência de um susto, como as tensões que experimentei em O iluminado, que me veio à lembrança agora, mas as tensões do livro. King me fode. Não ia afrontar o garoto. Bati de levinho os nós dos dedos na porta, ainda nada. A tensão rastejava. Eu não voltei à portaria, esperei. Especialistas em negociações aguardam o cansaço à proposta, vi num *thriller*; funcionou. Ele se cansou e me respondeu. Negociamos aqueles três minutos passados por uma hora de história. Isso, trocamos a abertura da porta por uma história. Um anúncio de voz precedendo os olhares vivos da criança após o ranger de madeira:

"Desculpa."

Não lembro o teor da ripada que dei, mas nada assustador. Aliviados e com a porta aberta, o barulhinho do cano do nariz voltou. Apertar os botões era o que de emocionante ele podia fazer.

"E a história?"

De pé ali não dava. Nem seria prudente eu entrar em um apartamento com uma criança sozinha. Leio notícia, sei das investidas sobre abusos pedófilos. Nunca fui acusado de nada. Nadinha. Isso vou levar pro caixão. Quando eu era criança, me acometeram de algumas injustiças, é uma sensação horrível. Levei uma surra porque pintaram com violeta de genciana o poodle do circo. Não fui eu. Outra vez me deram errado a morte de três gansos. Os bichinhos apareceram boiando na caixa d'água que enchíamos nos acampamentos. Não fui eu. Injustiças formam calos.

"Desce comigo na portaria que eu conto."

Considerou como se respondesse só com os olhos a algo rotineiro. Espera um pouco, entrou com a serenidade de um *gangster* e ressurgiu com uma blusa cor de vinho e uma boina azul, parecia menino francês sobrevivente da Segunda Guerra. Trancou a porta como adulto e descemos. Vi o aço carcereiro de ar rodar com leveza, parecia pesar poucas gramas.

Do lado de fora do meu posto há uma prancha de madeira. Dentro, minha estaticidade. Garrafa de café média, frutas e um livro aberto – se eu não me engano, aquele dia era *Grandes esperanças,* do Dickens. Um dos que eu lia acaçapado. Porteiros também não podem se afeiçoar por literatura inglesa. No máximo catálogos ou um gibi, que não desmerece leitor algum. Lembro-me do *O tico-tico*, das histórias do *Gato félix*, do *Krazy cat*, o *gato maluco*. Dickens era da Era Vitoriana, falava-me uma trapezista que amava saber coisas. Queria ter uma: Era Inaciana.

O garoto acolheu minha faca suja de casca de laranja, meus rascunhos que queriam ser poesias, a mancha da poltrona, a lasca saindo da mesa, o rádio empoeirado, meu uniforme pendurado na janela sem uso havia décadas. Descortinou como dava sua curiosidade paciente. Leu os rabiscos, não entendeu. Os olhos apertados o denunciaram. Dali mesmo se via o meu quarto, é aquele ali, eu apontei para a porta que aparecia atrás do elevador.

Somos vizinhos, ele disse baixinho, quase inaudível. Recordou-me o manifesto do óbvio que éramos vizinhos, como os outros. E duvido que mais algum morador fosse adepto à literatura inglesa. Dúvida morta à distância hierárquica desacertada.

"E a história?"

Ele esperava enquanto passava a unha comprida no cilindro. Olhos nele, olhos dele por aí. Às vezes os erguia em questão de por que a demora.

Não respondi de imediato. Ficamos em uma breve mudez vulgar.

"Ele se chama Roda", quebrou o silêncio, que começava a ficar chato. Toquei o aço gelado e balancei a cabeça concordando. Nada de história. Sua paciência inerte estava à vontade.

Às rugas das minhas mãos ele perguntou: quantos anos você tem? Ah, uns 70 a mais do que você. Ele fez que não. Um desconfiado interessado.

"E a história?"

Engendrado os olhos para o alto à esquerda, como minha mãe, com a minha voz menos rouca do que a de hoje, contei a história: que uma criança solitária havia descoberto que o elevador do seu prédio descia terra adentro. Pessoas pequenas moravam embaixo, abafadas. Comidas apareciam como mágica. Minucioso: quantas eram. Nomes. Jeitos. Gostos. Medos. Quem dormia cedo. Quem ia tarde. Quem mandava em quem. O tímido. A falante. A valente. Eles brigaram, saíram socos, chutes, cuspes na cara, ninguém chorou. Boas histórias são as que ninguém chora, só ficam com os olhos de raiva. O elevador era escuro, distópico. Quando abaixo da terra, entrava com dor em um barulho de terremoto. Quando normal, não. A patuscada durou 20 minutos com Estevão prestando a atenção aos ouvintes de ópera. Sepulcrei um final triste em que todo mundo morria soterrado. Tenho um quê para tragédias, dedico à minha idolatria a Shakespeare.

Parado por um tempo, ele digerindo, sem cabulo. Fez que sim. Esperou o *timing* ainda com a cabeça anuindo:

"Obrigado. Preciso subir."

Deu-me as mãos como se fechássemos um acordo. Já de longe:

"É mentira tudo isso, né?"

Não sei, fiz com as mãos sem dizer.

Seus olhos apartidários poderiam passar por frios, talvez pela voz. Mas não, estavam quentes. Fez uma ruguinha de sorriso no canto da boca e subiu.

8

Tudo igual de novo, com alguns rostos novos, de novo.

Rotina de criança não é complexa, pode até ser cheia, mas complexa não. A do Estevão não era isso nem aquilo, ainda que deitado e medicado no hospital, nada complicada, apenas tumultuada. Quando lá, sentia o sono do soro. Uma veia escapava, avioletava o braço. Esparadrapo que soltava, colava demais e grudava os pelos. Parecia ranho. O *bipe bipe* das máquinas indecifráveis. Enfermeiras simpáticas com pirulitos quando o médico liberava. Enfermeiras bravas que mais pareciam sentir prazer em fazer doer.

Em casa, Estevão era o seu micro-ondas, as comidas feitas meio geladas quando não esquentavam demais, comidas prontas, leites quentes, gibis, tarefas, livros. À noite, mãe e filho trocavam narrativas sobre o dia. Ela se atentava às mesmices que o filho lhe contava como novas, ainda que de fato já ditos mais cedo por telefone. O tombo levado, o copo que caiu, a história que releu, o cara idiota da tv, os desenhos que fez: parece uma flor, mas é uma árvore; parece um pássaro, mas é um helicóptero. O menino, por sua vez, ouvia atento a mãe, fingindo acreditar; sabia que ela inventava e não se importava. Não entrou um avestruz no restaurante nem nasceu um bebê na mesa dois.

Liam para dormir ou cantavam baixinho. Histórias e músicas todo mundo pode desfrutar, são lazeres baratos.

Uma roda de samba na palma da mão, uma história na ciranda. E Estevão não se cansava por eles. Eram aliados esperançosos, ainda que com o prognóstico de saúde péssimo, com os médicos metidos a Deus catequizando sobre o finito. Isso nada servia, a não ser às lágrimas da mãe. Ela não apaziguava o rosto vermelho pós-hospital, não se acostumava. Visível o choro para os mais vigilantes, ela o escondia quando se sentia exposta. Quando nos escondemos, o rosto arroxeia, os lábios se molham, os olhos incham e gruda uma remela úmida na bochecha. A apreensão pela vida do outro, ainda mais a de um filho, fazia com que Ana Lúcia não se autocuidasse. Seria mais bonita caso se olhasse. Era de semblante comum. Rosto despercebido em uma sala com mais de três pessoas. Não saía aos domingos, dia de descanso e dia de missa. Não ia à missa, mas o domingo era santo, reservava-o para o filho, quando cozinhava coisas que Estevão gostava, como hambúrgueres, batatas fritas, bolo de arroz, que fazia com o arroz velho que sobrava, croquete de carne, que fazia com a carne velha que sobrava, arroz à grega, que fazia com os outros ingredientes que sobravam – era o favorito do Estevão, que dizia que na Grécia se comia bem.

Mãe quer filho feliz.

Quando raro dia de escola, dez minutos em uma van pela manhã. Ele via casas, gente, ruas. Dizia-me pejoso que quando encostava o nariz na janela e o veículo tremia sentia cócegas na barriga. Balançando nas ruas irregulares se entendia parte. Biografia formada por peças estranhas. Tabuleiro que admitia o menino que arrastava um carrinho. Só entra criança nesse jogo. Adulto leva a sério demais. As vozes eufônicas dos colegas o coadunavam com o seu ambiente. Estar na rua em movimento sem nenhuma sirene era o seu pódio de 1º lugar, o lugar alto que poderia chegar sendo o homem-menino que lhe era imposto em todo doer de agulhas procurando veias.

9

Pelo sim, não.

Dois dias do nosso primeiro encontro com a história do elevador, a fuga no corredor e seus aprestos, Ana Lúcia me procurou. Ela e o menino.
 Obrigado pela história. Tudo bem se o Estevão descer aqui de vez em quando para ficar com o senhor? Filho, vai pra casa, já vou, quero bater um papo só de adulto aqui. Não se pode falar de doença, dinheiro, política, palavrão, sexo, bobagens, drogas, álcool, crimes, violência perto de criança. A gente não falou sobre dinheiro, política, palavrão, sexo, bobagens, drogas, álcool, crimes ou violência; falamos sobre doença. E ela me contou os pormenores que eu descrevi no começo destas memórias, as minudências que detonavam a saúde frágil do menino magricela.
 Concordei com as instruções anti-fatigantes – se cansar em hipótese alguma - e eu e o menino nos veríamos duas horas por dia a partir de então, ele desceria à portaria. Velho, eu não lhe seria cansaço, e sei que isso foi determinante para o pedido de Ana Lúcia.

10

É só uma água não muito turva. Correnteza também corre em riacho. Na lateral do rio há espaço para o descanso, ainda que as árvores ali não façam sombras.

Alguns acasos fabricam respostas. Uma vez fui proibido de mexer no alicate que ficava pendurado na porta da oficina móvel do circo. O cabo perdeu o plástico, não era seguro, me disseram. Romildo, o malabarista, foi arrumar um arame que estava no trailer, que escapava na parte de trás do gerador e estava ligado à energia. *Tizz*. Foi uma pancada elétrica tão grande. Senti cheiro de churrasco, de carne queimada. Choque violento. O Romildo caiu de costas detonando a nuca no chão. Voou longe. Nunca mais bateu bem da cabeça, coitado. Ele não falava mais coisa com coisa. Dizia ser poesia o que parecia ser pedra, e não tentando entender Adélia Prado. Maldito alicate.

Estevão era o meu acaso. E seus ouvidos às minhas histórias e meus ouvidos às suas histórias nos afeiçoaram. Ele, enfim, sorria. Da voz fina eu soube sobre a escola, sobre o dia em que se trancafiou no apartamento, sobre confidências. De toda sorte, ele era mais ouvinte e perguntador do que eu. E me ouvia, e me ouvia, e me ouvia. Minha voz ressoava no vácuo do saguão e se chocava com ele atento aos meus causos, que ou envolviam relatos em uma não ficção dolorida de lembrar, ou em fábulas que me respondia pelo sorriso com os olhos. Sempre achei bonito sorrisos assim. Primeiro forma uma rugazinha em cada canto do olho, alguns chamam de pés de galinha, depois só que mexe a boca, uma ordem invertida do arranjamento aos que sorriem.

Por semanas e semanas fomos companhias. As descidas frequentes eram atropeladas por livros e brinquedos. Nas histórias que eu contava, fragmentos de heróis, desde que envolvessem fantasias não muito inverossímeis, um pouco sim. A sua inteligência me forçava a elaborar bem os contos. Numa dessas, o Rocha, que transformava os inimigos em pedra. Mas essa é a Medusa. Não, não era igual. O Rocha transformava quem ele quisesse. A Medusa era qualquer um que a olhasse nos olhos. A lucidez se confortava na imaginação o suficiente para que todo dia ele me pedisse histórias do Rocha. Naquele átimo, aos 80, aprendi a ter fé com um menino de oito. Falo de todas. Das dogmáticas racionais, científicas, às imaginativas. Não sobre religião, porque isso é bobagem. Nem sobre fé em Deus, que ainda não sei em que time ele joga, só sei que joga.

E um herói que curasse pessoas doentes? Mas isso é um médico. Não assim, com poderes. Um herói milagreiro. Algum miraculoso que em um estalar de dedos lhe desse a respiração em paz, do seu coração aceito. O balão de oxigênio todo desenhado, quadrinhos andantes pelas mãozinhas do menino. Levantei com a dificuldade habitual e peguei uma canetinha.

Em suas mãos, o que viria a ser desenhado com uma calma apreensiva, a calma dos nervosos. Teatralmente, olhando para o alto como se lembrasse de algo de fato acontecido, riscou. Uma vez minha mãe pediu que eu desenhasse numa cartolina uma casa. Mas como? Uma que queira morar. Tinha um quintal grande, cerca viva. Uma árvore que sozinha dava quatro ou cinco tipos de frutas e um balanço. O desenho imperfeito estava completo. Um dia, só eu e você, vamos morar aí, ela disse; nunca moramos lá.

Desenhava no aço o que parecia ser a sua pele, como tatuagem com agulha grossa. A silhueta de um boneco grande e forte. Um novo herói. Os braços saltavam para fora, eram tanques de guerra. A perna arqueada se assemelhava a um *cowboy*. Qual é o poder dele? Nem todas as criações estão perfeitas e prontas, mas ali sim. Na minha frente, entre canetinhas coloridas e adesivos, uma espécie de salvador. Ele cura quem não pode respirar direito. Certo. E como ele chama? Não sei. Que tal Capitão vento?

Nome kitsch, bem sei. Ele assentiu. E assim ficou: Capitão vento, o super-herói que cura as pessoas que não conseguem respirar direito.

II

Ainda que falássemos a língua dos anjos. Bestice.
Homens bons são homens bons meio maus.

Estevão contava que preferia a sala de aula ao recreio. Crianças correm demais, ele dizia. Melhor as conversas desautorizadas com Maristela e João durante a aula. Criavam palavrões: Cu de anta, Capeta-puta, Arrombaralho. Tudo aos murmúrios, foras-da-lei. Sempre que a professora ralhava, Estevão fingia tossir forte. Cena feita, a professora sentia pena ou medo do menino-do-cilindro-de-ar. Ele aprendeu rápido tal manha, com Maristela e João sempre cúmplices. Estar na escola nem sempre foi leve: Homem do gás, Zé carrinho, Menino de aço, Caminhoneiro, Maria fumaça, Boleia, Tião patins, Estorvo, Cavalinho. No começo, ele respondia com plangor, mas não demorou a não se importar, e os apelidos diminuíram. Virou figura comum. Ademais, João assumia as broncas do amigo, quaisquer que fossem. Em uma dessas, um desenho embaraçado, cheio de ferros, troçava Estevão. João tomou a frente. Lucas, o aluno temporão foi o algoz, o dono da zoeira. Teve revide. Um soco no vácuo, outro no olho. João caiu sangrando o supercílio. Lucas foi suspenso, depois transferido. Estevão nunca soube disso, João me contou em tom de mexerico.

    Os três amigos quiseram conhecer meu quarto. Uma mixórdia de livros. Eles folhearam alguns. Separei dois para ler para eles: *Frankenstein*, da Mary Shelley; tinha 21 quando o escreveu. *O corcunda de Notre Dame*, do Victor Hugo; um dos meus favoritos. Dois apólogos bons de se historiar. Um monstro e um serzinho esquisito. E de serzinho esquisito Estevão entendia bem, um corcunda do Notre-Fabuloso contemporâneo, sem parafusos na cabeça, como ele falava, imitando a corcova. Identificados se reconhecem. Por semanas lemos os dois, alternando. Um tanto de página a cada visita. Chegavam afoitos para as histórias. Num estratagema, sempre que o trecho era confuso, ou para a compreensão de um adulto, eu o adaptava para que eles entendessem. Esses dias de leituras renderam desenhos do Frank e do Corcunda no cilindro. E Estevão se apaixonou pelo Prometeu Moderno.

    Em um encontro sem leitura, já terminadas as histórias, quiseram brincar. Pediram-me para usar o saguão. Disputariam uma arena de guerra. Não vi mal. O lugar ficou bonito com as mesas e as cadeiras deitadas, enfileiradas, vasos de flores em barricadas, panos de chão como estandarte. Lembrava algum tanto o cenário do homem-bala do circo, com um canhão agigantado apontado para a rede do lado de fora. Tivemos essa atração por um tempo. Deninho que era a bala, estupendo acrobata. Não durou tanto. Deninho deu um tiro no pé, literalmente. Andava com uma garrucha 22 na cintura e havia marcado um encontro proibido com a prima da minha mãe, Laureta. Proibido porque a menina era noiva. Quando o encontro esquentou e a menina puxou sua camisa para fora da calça, uma mão errada dele na cintura disparou por acidente: gritos por todos os lados! Ela se escondeu a tempo. Ele chorou por horas. O tiro desgraçou todos os ligamentos do seu pé esquerdo. Não sei se volta a andar normal não, Maçarico dizia antes de morrer queimado. O homem-bala se aposentou. Nunca mais tivemos ou quisemos colocar a atração de novo. A menina Laureta noiva se casou.

Sobre as cadeiras apinhadas, Estevão e os amigos pulavam e corriam. Ao menino, dispensada a solidão que lhe corroía com remédios. Horas se esvaindo em um par de minutos. O rosto vermelho suado dos três, em um enlace com o tempo discrepante dos adultos e sem pressa, quando o frio pequeno da noite que chega não pede por abrigo, porque viver tem mais pressa do que todas as outras preocupações. Ninguém se acuava. Um cirandar dos meus olhos naqueles giros gaiatos aceitando a despedida do dia, que saía à francesa.

O início de noite convidava a todos para o fim.

Descansar sentado no chão, com os três ainda moles pelo cansaço, me fez saudoso. Ainda que na despedida de Maristela e João quiséssemos mais, o pai da menina parado sobre a porta chamando por eles e proclamando o fim das brincadeiras foi mais forte.

12

Urgência, calma.

No saguão agora, apenas o menino e eu. Ele, sentado no chão, carregava a felicidade do mundo nos olhos. Não consigo descrever aquilo de outra forma, talvez eu teria mais sucesso se dissesse que ele olhava para os lados com certa velocidade, sorria e balbuciava coisas engraçadas. Até que o silêncio chegou diferente e de repente. Ele tossiu uma vez, duas, três... 20 vezes. Olhou para mim com vistas estafadas. Logo na primeira tosse, minha consciência velha em metanoia esmoreceu. O não poder se cansar, merda. Meu nervo travestido de suor pela nuca, mãos exasperadas, taquicardia – as minhas e as dele. Em pouco tempo as tosses espaçadas viraram tosses em cadeia. Levantei aqueles pequenos braços para cima para que buscasse ar. Bati nas suas costas com as mãos em forma de concha, tapotagem, como minha mãe fazia quando eu era bronquítico. Ele parecia não dar mais conta. Respirava com muita dificuldade. Eu parecia não dar mais conta. Senti meu corpo gelado. Ele puxava forte o ar rouquenho. Eu puxava forte o ar rouquenho. Ele estava tão saudável enquanto brincava havia pouco tempo, como pode ter caído assim? Ainda não entendo o porquê não liguei para a emergência na hora do surto; só me dei conta disso, com o menino no colo e arrastando o balão de oxigênio elevador adentro, torcendo para que aquele corpo não parasse de funcionar. Não sei de onde eu tirei forças para aguentar o menino em tantas passadas. Foi só quando chegamos no seu apartamento, no 301, que ele parou de tossir. Desisti de ligar para o hospital. Ele estava quarando. Deitado no sofá, começou a voltar em si. Puxei para trás seus cabelos suados e comecei a soprar seu rosto e sua testa molhados, como se isso fosse medida assecuratória de salvação. Corri riscos por não ter buscado ajuda. Ainda me julgava ter autocontrole e que isso seria uma das vantagens de ser velho. Nada, puta velho inconsequente. 30, 40 minutos. Nunca me dei bem com a matemática da hora. Estevão estava melhor, e sonolento. Eu estava melhor, e exausto. Voltei a passar as mãos em seus cabelos, menos suados dessa vez.

Ele adormeceu, adormeceu sorrindo. Olhei para aquele corpo doente e cheio de vida e saí levemente em choque.

Do elevador parado no térreo à minha cadeira na portaria foi um caminho perpétuo. Minha displicência poderia ter lhe custado a vida. A culpa era tão grande que cheguei a sentir vontade de ser punido, como se isso voltasse as horas e fizesse com que nada daquilo tivesse acontecido. Arrumei o saguão como um detento recém-condenado.

Ana Lúcia chegou no fim do dia. Fiz algum volteio, mas eu precisava contar: Maristela e João vieram aqui hoje brincar com Estevão, eles correram pelo saguão um pouco, Estevão suou um pouco, e se cansou um pouco, e fez um pouco de força, e brincou um pouco de luta, e... tossiu um pouco.

Nesse pouco a pouco a minha vontade de ser punido pereceu. Ela não pediu minudências, não perguntou se ele estava bem, não quis saber quão pouco tudo se dera. Correu pelas escadas. Fui atrás, pelo elevador. Cheguei no

301 e a vi no chão da sala do apartamento, que ficou com a porta aberta ante o desespero da mãe, munida do rosto do filho, como havia pouco eu fizera, que dormia com placidez. Eu poderia não ter contado nada. Fiquei na porta tentando me explicar com resmungos – falava mais para mim. Até que ela se virou com sanha e me encarou colérica. Seus olhos quebraram os meus, em um ódio de proteção que, presumo, só as mães sentem. E me xingou em murmurejo para não acordar o menino. Raiva não precisa de volume, apesar de funcionar melhor no grito. Atacou-me com os palavrões possíveis. Chegava a ser burlesca a ira em cochicho: você podia ter matado o Estevão. Por que não ligou pra porra do médico, para mim? Seu velho filho da puta. Por que não morre, seu desgraçado? Até tentei revidar, também em burbúrio, em vão. Ela estava certa. Deixei que falasse. Ofensas são quebradiças quando ditas em momentos de fúria. Arqueei a cabeça sem cinismo. Ela não parava. Aquela sensação de gelo nervoso no sangue voltou, meu corpo arrepiado pela culpa. Subitamente, ela parou. Nem mais uma palavra. O silêncio assenhoreou, de repente. Levantei a cabeça e a olhei. Agora ela carregava olhos esvaziados. Virei sem me despedir. Ela colocou as mãos no sensor do elevador me assustando.

"Nunca. Mais. Faça. Isso!"

Pensei em buscar clemência, mas não falei nada. Ela passou as costas das mãos na testa e coçou levemente o cabelo enquanto a porta de correr se fechava.

Desci.

13

Ponte quebrada também leva a algum lugar,
ainda que de volta.

O dia seguinte brotou rançoso.

Ana Lúcia parou perto da porta antes de sair para trabalhar. Decerto compadeceu do meu rosto esperando por algo.

Me desculpe por ontem, falei.

Ela balançou que sim com a cabeça. Saiu.

14

*Palavras têm corpo. Corpo de gente grande.
Uma vez apostei que eu ficaria em silêncio por dois dias
inteirinhos. Dois minutos depois eu falei. Perdi.*

Naquela mesma manhã Estevão desceu. Que desafogo. Carregava no cenho o receio gerado pela tarde passada. Os xingamentos que raiaram da boca da mãe envolviam desobediência, castigo, prisão, risco de morte; contou-me nublado. Isso custava caro. Agora estava a cinco palmos de mim, descortinando a paz amanhecida após a borrasca, o grito pré-silêncio, que depois do cansaço jazia o descanso, revelava que para Ana Lúcia tudo bem ele estar ali de novo.

Trazia algo nas mãos, um presente para mim. Um gratífico desenho reconhecendo o bem sobre o mal da infortunada tarde passada. Rabiscados, algumas árvores e uns homenzinhos escanifrados voando ao lado do Capitão vento. Peguei um pedaço de fita e colei o desenho na parede. Baguncei seus cabelos: "obrigado pelo presente". Ele estava com olhos de lástima.

"Sua mãe, né?"

"Se eu desobedecer de novo, nunca mais vou poder descer aqui... e nunca mais é muito tempo."

Ele ficou entrevendo a porta de entrada e passando as unhas no cilindro. Escolhemos veladamente não falar sobre a tarde passada. Havia novos desenhos no balão. Quis trazer um outro ambiente para a nossa roda. E esses aí?

Seus dedinhos apontaram o colorido que mais parecia folhas em aço, o menino fraco que quase morria num quadrinho, se curava no outro. E corria. Era a sua esperança rabiscada. Munido de uma canetinha vermelha. Minhas mãos tremiam na inutilidade de anunciar meus demasiados anos. Fiz também um desenho. Nunca fui muito de enfeitamento. Aos nove, fiquei encarregado de fazer o cartaz de entrada do circo numa cidadezinha. O que deveria ser a sombra de um urso em pé, na minha insistente arte, pareceu um pau duro torto para a direita. Ninguém revisou. Colei assim. Foi um esparramo só. Para ajudar eu havia desenhado uma purpurina voando, que parecia porra saindo do pau. Cancelaram o nosso alvará. Tivemos que ir embora. Em cidade que os moradores ainda se benzem quando veem igreja, há muitos puritanos. Ninguém quer saber de pau duro, não; pelo menos não explicitamente, ainda que o pau duro fosse a silhueta de um urso.

Estevão fitou meu desenho. Um palhaço. Você gosta? Eu gosto, mas só vi na televisão. Estevão nunca havia ido ao circo. Uma deixa para novas histórias, a hora da auto-não-ficção, ou quase isso. Não saber sobre circos era não saber sobre mim. Assunto até então inexistente na minha vaidade dolorida e pedante por algo que não dera certo. Eu poderia falar. E falei. Falei, falei, falei. Minha vida de palhaço, das correntes risadas que incitavam o destino circense de não parar. Meu melhor no memorar de roteiros intermináveis, dos cansaços abatidos em dias vazios, do medo imaturo do erro. Ele queria saber das roupas, das pilhérias, das mágicas: o que sumia? Como? Já vi palhaços na TV. Sei cantar duas músicas. Eles caem à toa. Suas risadas soavam grandiosas porque se misturavam com o pânico que eu sentia pelo seu cansaço. Sem ataque de tosse de novo. Minha fala baixa, repentina, tresloucava a empolgação da história. Eu estava pegando trauma, como dizia minha mãe, citando algum psicólogo que alumiava sobre liames entre trauma e caráter, acho que foi Freud. O único grande trauma que eu tinha era com água. Nunca nadei bem. Uma vez, ainda novinho, devia ter uns cinco ou seis anos, fui para um lago com meus primos. Subimos em uma pedra e me colocaram no topo. Meninos em pé sobre ombros de meninos. Magricela, escorreguei. Meus pés molhados derraparam. Caí. Era alto. Bati com a cabeça. Sangrei. Chorei. Atordoado, voltei correndo para o circo, sozinho. Nunca mais. Hoje, penso em água, tremo.

Se Estevão não me cortasse, falaria por mais um par de horas sobre circo: vi na TV que no circo as pessoas pegam fogo e não morrem. Mas morrem. Não vivem para sempre? Você ia querer viver para sempre? Ia. Ia ficar sozinho? Não. Tem você, minha mãe, a Maristela, o João. Mas aí todo mundo ia ter de querer viver para sempre. Você não ia querer? Eu não. Já estou cansado. Você poderia fazer novos amigos. Só vocês está bom. Acho que é uma bobagem viver para sempre, pensando melhor. Nem as pessoas do circo escapam. Hum. Como era ser criança? Era bom. Faz tempo? Faz. Eu só não brincava muito. Tinha que trabalhar. Eu quero trabalhar com robôs que falam.

Estevão me fitou longínquo. Aproveitei o silêncio fugaz e fui para o meu quarto fazer uma coisa para lhe mostrar. Seus olhos me acompanharam com ansiedade. Fiz sinal para que me esperasse. Não demorei. Ainda dentro do quarto, apitei alto com aqueles apitos que parecem gritar debaixo d'água. Coloquei uma perna para fora. Apitei de novo. A outra com o corpo arqueado para dentro. Pano de cetim branco com bolas coloridas. Cabriolei com os braços abertos usando meu antigo macacão e meu nariz de palhaço. Estevão sorriu banzado. Apaguei as luzes da lateral. Entrei cambaleante, como em dias passados de apresentação, um tanto Carlitos, outro tanto Mazzaropi. Comecei pelo número das bolinhas, ainda havia três prestáveis da época. Entre cenas de erros prováveis com as mãos frouxas de palhaço, elas ficavam mais no chão do que no ar. Um malabarismo bêbado fazia Estevão passear entre risadas e gargalhadas. Bolinhas e eu embaraçados no chão. Num outro número, mescla de danças, vassouras, rodos perdidos em uma valsa aloucada com meu apito e risadas do menino. As minhas melhores memórias. Pude sentir o cheiro da época do picadeiro, quanto tempo eu não me vestia de palhaço. O enternecer do som. As lembranças alçando as piadas do meu número solo. Gargalhadas do Estevão e as minhas, únicas. De olhos fechados eu estava só. Holofotes sobre mim. O breu parecia aplaudir. Meus olhos agora eram lágrimas. Inevitável. O contraponto do palhaço no flagelo lhe incorpora herói genuíno, ao palhaço não é dado o dom da desistência. Era assim comigo, um não desistente? No final não existe ex-palhaço. Se perdedor que sorri, um amante não correspondido. Se sujeito que derruba o copo na mesa limpa, o carro que estraga logo pela manhã antes do trabalho. Se flor que explode quando se cheira, o buraco que abre impondo atalhos. Somos todos nós, fraquezas com intervalos de força. Azares com intervalos de sorte.

O número não chegou a pedir pelo fim, meu corpo sim. Suar não deveria nos fazer prisioneiros do corpo que quer respirar. Na amálgama emotiva das memórias, com a indisposição dos meus músculos que carregaram cargas demais, sentei no chão. Digo ofegante para não misturá-lo com conceitos da ansiedade. Deixei que Estevão colocasse o meu nariz de palhaço nele. Se olhando no meu pequeno espelho de moldura laranja, começou a imitar o que acabara de ver. Não falávamos, imersos em sorrisos genuinamente mudos. Como seria voltar ao circo? Não reconheço se houve vontade. Se houve, passou. Imagine um artista que não fica mais de dez dias em uma cidade, de repente parado em uma portaria por tantos anos? Após 30 anos de conformidade, a frustração apareceu em mim de repente; como algo guardado esperando o estopim. Fiquei confuso. Respirei, respirei, respirei. Quando a cabeça não está equilibrada, é difícil sustentar todo o resto do corpo. Fiz que sim com a cabeça, para ninguém. Como se eu me convencesse de algo que não foi dito. O pesar me fez mostrar para o menino um álbum com poucas fotos antigas, do circo. Desbotadas na importância das coisas que não precisamos ter para valer a pena, e das que precisamos.

"Fiquei no circo até vir pra cá."

"O circo é mais legal."

"Se eu não tivesse vindo, a gente não teria se conhecido."

Meu choro era casa de veraneio. Hora ou outra a gente entra. Estar em um picadeiro de novo, ainda que no fechar dos olhos, tinha me trazido de volta a sensibilidade adormecida nas lonas quando guardei as cordas e tranquei os trailers.

Você tá chorando? Ele acabou ficando triste. Tá tudo bem, eu disse. Eu sempre choro quando vejo alguém chorando.

Limpei o rosto. Aproveitei o ambiente nostálgico e trouxe do quarto fotos minhas quando jovem, que mexeram no meu passado com carícias. Fotos do tio Costela, outras com o Maçarico, do picadeiro e duas ou três mais. Os olhos do garoto grudados nos retratos, nas entrelinhas em um pedaço da minha biografia com uma harmonia intrépida. Fui palhaço desde novinho. Vendo as fotos, rememorei novos episódios, como a vez que puxei uma lona rasgada no fundo do circo com uma ponta de arame. Estiquei para fora. Cortou o braço do prefeito. Foi uma querela só. Dei bandeira, me pegaram. Passei barro na minha calça antes de me xingarem, fingindo que eu havia me cagado de medo. Pela pena que sentiram, deu certo. E o prefeito ainda me deu uns trocados. Vi uma foto com o Maneco, um revoltoso que cuidava das montagens e não sabia fazer nada direito. Uma vez estava com ele quando o seu carro quebrou perto do circo. Abrimos o capô e, enquanto o guincho da oficina não aparecia, ele acendeu um cigarro. Deu um trago só e jogou a bituca no mato. Dois segundos para pegar fogo na mata seca perto da parte de trás do circo. Foi um corre-corre da porra. Só enrosco. O circo inteiro ajudou a apagar o fogo. Estevão batia com as mãos na cabeça enquanto ria ouvindo aquelas papagaiadas.

"O circo era do seu pai?"

Peguei as fotos e as juntei com o passadismo dos que viveram bastante.

"O circo era um pouco de todo mundo."

Escolhi outra foto, uma com o Costela, meu tio preferido. Tinha um filho da minha idade que trabalhava comigo.

"Ele já morreu?"

Fiz que sim. Estevão abaixou a cabeça seguindo o protocolo do luto.

Às vezes eu sentia dificuldade para explicar a minha vida. Era mais fácil para o menino entender o que estava a sua volta, observar o modo como repousava as mãos sobre o cilindro ou como segurava uma caneta. Porém, eu era ouvido. Quando o que eu falava tornava palpável o interesse pelo seu próprio futuro, aí sim eu me sentia útil, sem desatinos assombrosos sobre o incerto do seu amanhã. Talvez por saber observar o que lhe rodeava, como as pessoas na rua quando estava na van, a tinta de uma parede da portaria ou a higiene do elevador, já estava à frente de muita gente.

Estevão, em dado momento, não prestou mais atenção, se misturou ao seu próprio olhar desfocado. Olhou para os lados. Minha mãe fica com a testa assim, ele disse – arqueando as sobrancelhas. Ela chora escondido também. Ela é muito triste. Não, ela não é triste, consolei-o. É sim.

Olhei para ele afetivo, com um desnecessário receio de parecer arrogante. A minha malícia de velho presumiu que ele se sentia culpado pela pouca alegria da mãe. Quis lhe mostrar algo que talvez pudesse ajudar.

"Eu tenho uma caixa."

"?"

"Preciso ver... Se eu achar, amanhã te mostro."

"Que que é?"

Seu rosto inquiridor talvez perguntaria mais se não fosse a tosse que surgiu. Espaventei com olhos de susto. Parecia alarme soando. Tá tudo bem. Eu tusso às vezes, ruído sarcástico. Assenti como um dia de folga. Algo que sem som dizia: sim, está indo tudo bem.

Por culpa da tosse esquiva, foi melhor ele subir mais cedo, quase um castigo. Continuei com as fotos, sozinho na portaria. Os papéis fotográficos sem cor, nosso semblante antigo, meros modelos do acaso natural, do homem que não tem beleza de vitrine, que se justifica em uma maquiagem e em outras tantas fantasias. Nas fotos, uma destacava. Meu pai ao meu lado, com as mãos sobre os meus ombros. Minha mãe com os braços para trás como se sentisse vergonha do mundo. Ao fundo, a lona do circo armada, a escada de ferro da entrada que me serviu de escorregador, cavalo de ferro. O cheiro, o cheiro que eu só conseguia sentir quando o circo estava cheio. Uma mistura de pó de serra e suor. Fedia e cheirava bem. Não ter um lar fixo era natural para mim, como um marinheiro que morava na bandeira. De palhaço, eu podia me esconder. No pancake branco e vermelho, privilegiados se camuflam. As pessoas nas fotos em minhas mãos me edificaram agora velho, nem sei se isso é motivo de orgulho. No final, quase todo mundo da minha época já morreu, circo falido e eu imprestável.

Sem facciosismo, o circo me deu mais do que tirou, e me mostrou que não dependo de sangue para lançar-me em família. Dos que passavam por mim, amizades transitórias, felicidades compartilhadas, tristezas compartilhadas, a turma muda em uma roda-viva.

Assim é também aqui no Fabuloso. O marasmo é suposto. Vizinhos são países perambulando entre tempos de guerra e paz. Tolstói que me perdoe a debilidade comparativa. Meus Napoleões são poucos guerreiros, a infantaria capenga e minhas Annas Kariêninas menos puras. Outra parecença entre portaria e circo, guerra, paz e Annas

Kariêninas são os dilemas. Problemas são dimensões que damos. Como uma triagem fina feito mantra, quanto custa falar sobre o que acometia Estevão? Se ele não se dava ao direito da tristura, também não me daria. Permita-me: o mal é não saber descansar, como abrir buracos em si para acondicionar os problemas de toda a gente no coração. A ternura do discernimento é o detalhe e o remédio. Minha portaria pode ser um saguão com mesas e interfones; ou pode ser um grande relicário de histórias de passagens dia após dia, hora após hora, vida após vida, meticulosamente filtradas na minha cabeça. Isso era afeto, ser sociedade.

Na caixa que eu estava procurando meu primeiro amuleto, apadroada como as preciosidades disputadas nas nevascas do Chaplin em sua busca pelo ouro da década de 1920, sopitadas pela dança dos pãezinhos.

15

Cheiro de poeira faz espirrar.

Não sei se eu queria encontrar aquela caixa. Coisas velhas remexidas me fazem espirrar, reminiscências que a gente esconde sabedores de que a nostalgia de um dia pode nos ser propulsora de forças. Estava acontecendo enquanto eu espirrava. A poeira displicente dos papelões escondia o bendito caixote e juntava as cracas que pareciam suor de pele esfregada, os apagões que desligam o presente em favor do passado. Eu estava protagonista ali. Estevão me fazia tocar num passado molestado. Certo de que encontraria a caixa – e eu queria –, algo sem nome pedia pelo seu sumiço. A não procura não partiria de mim; procurei com a consciência nas mãos. Sentiria o que ao abri-la? O folhear de releitura da primeira página de um livro triste? Seria como ler *O diário de Anne Frank* sabendo que toda a esperança da menininha estaria de mãos dadas com ela quando fosse covardemente morta? Você lê a alegria com um nó na garganta.

    Estava lá sob todas as demais, a caixa mais velha, com o pó mais grudento, do jeito que a deixei.

16

Sua roupa é um pedaço de pano colorido.
Rasga com o tempo.

Estevão estava comigo naquela manhã, fugindo à regra dos encontros vespertinos, e a caixa foi colocada sobre o balcão. Suspense plantando desassossego. Com a cara vasca, ele subiu no banquinho para ficar mais alto tentando decifrar o que havia lá dentro. Silhueta ressequida contra o sol, pele transluzente, cabelos finos, oleosos e bagunçados. Parecia uma tela do Nick Lepard, pintor que conheci na revista para ricos *ArtCult* que estava no lixo. A caixa aberta revelou uma roupa de palhaço, minha primeira, a de quando eu era um pouco maior que Estevão: o começo. Fitado pelos olhos que me pediam explicação, retirei o traje completo: sapatos, nariz, peruca e suspensório. Peça a peça dissecada com as costuras ainda aparentes que minha mãe havia reforçado numa ou noutra junção vulnerável de pano. O indumento era minha roupa mágica. Protegido, andava com ela canto afora. Ensaios. Passeios. Quase roubaram-me uma vez. Dois molecotes. Da cerca, pularam no varal. As roupas são minhas, caralho! Rosto em riste, estavam no chão. O Maçarico com uma bicuda estourou os merdinhas. Peguei a roupa de volta. Estevão me ouvia com brandura. Não parei. Contei-lhe também sobre a estreia de um número novo. Entre o nervosismo da apresentação e a vontade de fazer xixi, fiz nas calças. O Costela percebeu, me abraçou e me encorajou a entrar: vai lá, mijado mesmo! Entrei no picadeiro, encharcado. Comecei o número improvisando. Fingia estar apertado. Corria bebendo água, atrapalhado. A água caía sobre a minha roupa. Risos. Apertava a bexiga, ameaçava me esvaziar no público. Cuspia para cima. Água na cabeça, aliviei mijando na calça. Mais risos. Sucesso. Ninguém percebeu que era deveras o mijo. O número deu tão certo que passou a ser fixo. A adversidade proporciona o que calmaria nenhuma faz. E reconheci isso me olhando derrotado e humilhado antes de entrar em cena, com medo dos olhos do público, tão logo aplaudido, com o Costela ao meu lado me incentivando a apenas ir.

Ficaria a perpetuidade contando histórias. Tristemente não dava. Como era cedo, ele já descumpria as ordens da mãe de só descer à tarde. Eu estava feliz pela roupa ter resistido ao tempo. Seja pelo acaso, que não deixou as traças destruírem tudo, seja pelo meu cuidado. Roupa gasta e sem cor cheirava forte. Pedia uma lavada cuidadosa. Pobre entende de conservação de roupa. Só para de usar quando dissolve. Peguei-a e seus aparatos: o quê?

"Vista."

"Eu?"

"Isso. Você. Coloca ela."

Sem resistência, como se o tempo soubesse diferenciar nosso momento de silêncio tímido com o de paixão. Roupa sob medida. Na minha frente, Estevão, um palhacinho pronto. Arriscou três graças. É sua, um presente meu. Subi no banquinho apoiado na minha dor nas costas, levei à boca o fôlego que me cabia. Montanha, Palhaço Montanha!, ele me disse, cochichando. E, assim, ficou ecoado: Com vocês, o Palhaço Montanha! O mais alto que pude, contei ao mundo.

Apaguei as luzes. Ele reverenciou o público que não existia. Beijos aleatórios lançando nariz e o pegando do chão em cambaleio. Apitava. Minhas palmas pareciam em magote. Encenou com o balão de ar, escudeiro, como se fosse um ajudante desastrado. Na parte de trás do cilindro simulava um cavalo. Chicoteios no ar com os canos do nariz. Estraladas. Um verdadeiro *clown boy*. Eu aplaudia, aplaudia, aplaudia. E assobiava. Talento em alegorias gêmeas.

Até que parou.

[...]

[...]

Tosses altas e longas. Uma pausa. Tosses curtas. Sua silhueta de volta, em rabisco à luz que refletia e lhe anunciava grandioso. Seu rosto empalideceu. Seus olhos foram se fechando sem avidez, não sem antes cravarem nos meus. Um pedido de ajuda mudo; nos olhos que tudo entendíamos.

"Estevão?!"

Não me lembro minuciosidades do que se seguiu. Seus olhos reviraram trêmulos. Minha cabeça azonzada e a voz dele resmungada. Consciência em câmera lenta. Seus cabelos começaram a mexer com o vai-e-vem da cabeça, de cima a baixo, procurando conforto que não tinha. Tossiu mais vezes, agora mais forte. No chão, um líquido esverdeado cuspido, parecia ranho de doente. Os braços de volta ao alto buscando ar. Bati conchado nas suas costas como da outra vez. Tossiu sem parar dessa vez. Apagou. Caiu desmaiado no chão. O ominoso cansaço. Lembrança vã.

O corpinho inerte. O meu corpo carquilhento, em pânico. Estevão! Estevão! A cabeça... levanta. Ele respirava. Não errei mais, não daquela vez. Emergência, rápido! Assoprar rostos nunca foi medida de primeiros socorros, é instinto. Como dar tapas em quem desmaia. Como abraçar quem chora. Como acreditar em quem conta com detalhes. Como amar quem diz que ama. Como abaixar a cabeça quando um avião passa. Como dizer que está bem. Como falar seco querendo sentir.

Os paramédicos, um homem e uma mulher, chegaram. O que antecedeu à chegada ao hospital foi minha apertura. Aquele corpinho vestido de palhaço imóvel nas minhas mãos, o silêncio escuro do saguão do prédio, a respiração tortuosa dele, o coração acelerado meu. Colocaram o torso inerte às pressas na maca e, mesmo a contragosto dos doutores, sentei na parte de trás da ambulância, nunca tinha entrado em uma. Nem são. Nem doente. Não tinha o cheiro de morte que supura. Tinha cheiro de gente suada em corredores de dentistas. Cheiro do guarda-roupa do meu tio Costela, roupa sem secar direito. Cheiro de rua recém-molhada. Estevão desacordado, enfrentando a sirene pelas ruas com a força dos enfermos que não se entregam fácil. Aquele alarme agudo e insistente ensina mais sobre finitude do que conjuntos aritméticos. Comecei a chorar lágrimas que doem ao sair dos olhos – como as de agora. Minha mãe falava que eram lágrimas de fogo, só a tristeza produz essas. A alegria libera lágrimas de sal mesmo. Encarava o lado de lá da janela deixando as luzes me projetarem uma mortificação imensurável. A médica que nos acompanhava repetia que tudo ia ficar bem. Ela falava para o garoto, mas parecia falar para mim. Abriu a roupa pela parte da frente, deixando o peito à mostra, quase estragando a fantasia.

Os poucos minutos do Fabuloso até o hospital foram desconsolos. Os equipamentos médicos, o barulho de motor queimando junto à bomba de pressão, a merda do biiiii-biiiii apitando numa altura peçonhenta, tudo pressionando o tempo de um modo desconfortável, e eu só com a certeza de que não era justo que o menino estivesse ali.

A porta protegia Ana Lúcia e o seu rosto de sofrimento acostumado com o pronto-socorro. Ligaram do caminho, era o hospital do bairro, já os conheciam. Ela me empurrou com menoscabo e entrou pelo corredor com os médicos e com o menino sobre a maca.

Ora tomando água, ora tomando café ralo gratuito da recepção, andei de um lado para o outro até a batata da perna doer. Olhava os quadros tortos das paredes, com imagens artificiais plastificadas de árvores sem fruto – por que raios não endireitavam os quadros? O vaso que tinha uma planta tanto quanto artificial empoeirada, o chão branco-sujo de marcas de borracha de sapatos baratos, a cara redonda da recepcionista, a cara dos doentes menos graves que variavam entre o nada e os relógios (dois) de parede que marcavam oito minutos de diferença de um para o outro. Ninguém lia na espera, apesar das poesias flébeis abraçarem lugares tristes. Celulares iluminando os rostos sorumbáticos de quem espera. Eu suava um suor amedrontado. Fiquei por horas ou por minutos superlativos ali.

Um enfermeiro escondido na cara de deboche adornada com bochecha rosada – boca de quem toma chá com torrões determinados de açúcar fazendo bico falando sobre cinema noir – veio até mim e disse estar bem o garoto, que o desmaio fora um susto, se houvesse rouxidão no rosto, aí sim seria mal, falou como se fosse ruim dar boas notícias. Pode ir embora, a mãe está aqui, ela cuida. Não, quero ficar. Quem explica?

Ana Lúcia, após algumas horas, com uma sacola nas mãos, não me deixou falar. Mais cansada do que irritada.

"Que roupa de palhaço é essa?"

Fiz um sinal e fui saindo da recepção do hospital. Ela me seguiu. Sentamos na entrada em um banco de praça deslocado por não estar numa praça. Sem apreensão, ela me deu um rosto vil, a ouvidos.

Foi assim. Contei da caixa. Como Estevão desceu. Como mostrei a roupa. Como contei as histórias. Como dei de presente o macacão, nariz, sapatos, peruca, suspensório. Como apresentei um número enquanto ele ria. Como ele apresentou um número enquanto eu ria. Como foi minha história no circo. Como fui um bom palhaço. Olhando a parede azulejada suja do lado de fora do prédio, ela me olhava para dizer que estava ali, mesmo alheada. Sua boca às vezes se mexia, parecia querer dizer, mas sem som. Como ela não retrucava fui falando: ah, como ele gostou da roupa. Parecia palhaço de verdade. Eu sei do meu erro. Erro de deixá-lo brincar como fez. Sua cabeça mexia acompanhando a perna inquieta. Senti-me arrazoado quando discorri um diminuto tratado sobre a felicidade do menino. Aquela parolice infecunda se esvaiu. Com um calculismo empedernido, como um magistrado que esconde a misericórdia em palavras técnicas e despidas de emoção do condenado antes de assinar a sua sentença de morte, tocou meus braços enrugados.

"Estevão não vai mais te ver", disse-me com a voz embargada. Ela não falou mais nada e se levantou calmamente para voltar ao hospital. Esperei um pouco antes de me levantar também.

"Por favor."

Era o meu amigo. O ouvido que interpelava as minhas construções – ainda que não de coisas – aceitava a lerdeza do meu tempo. É a segunda vez. Eu não consegui falar nada com ela.

"Acabou. Toma, leve essa porcaria de volta. E para com esse negócio de circo."

"Mas eu dei para ele."

"Leva!"

"E o menino?"

"Ele tá bem."

Sem despedidas, entrou como médica-chefe de departamento. Relutei para entender o que acabava de acontecer. Vencido, caminhei à procura do ponto de ônibus.

Demorou.

Voltei para o prédio.

17

Na mesma mesa, pratos vazios e comidas cheias.

Eles estavam de volta ao prédio bem na manhã do dia seguinte. Mãozinhas emaranhadas às mãos da mãe. Ana Lúcia etérea à alta rápida, com olhos de tempestade, falou bem alto para que eu pudesse ouvir. Ouvi no silêncio que me cabia a sua lei totalitária. A desobediência tolheria o menino de tudo que gostava como castigo. Estevão fez que sim com a cabeça descaída. Perto do elevador, olhou-me taciturno prevendo a distância que nos foi concebida naquele milésimo de segundo, que passaria a ser praxe. Nenhuma descida à portaria por mais rápida que fosse. Nenhuma troca de palavra. Nenhum pedido de favor. Proibido de me ver por tempo indeterminado.

Aquele dia se arrastou.

Numa frieza condicional à caminhada sem apego às dores que me ardiam pelo remorso do dia passado, terminei de destacar algumas poesias do Eliot e de reler pela décima vez *Os detetives selvagens*, do Bolaño, que estava no finalzinho. Desinteresse engendrado pela desconcentração. Nem Bolaño me prendeu. Raridade. O relógio se alentava. Por certo, se eu acreditasse e soubesse o nome de algum santo protetor de criança menos ocupado, era com ele que eu conversaria, mas nem as frases decoradas que falam de pão, eternidades e améns sei dizer.

A noite havia sido adversa. Os resmungos que me escapavam à boca desassossegada se transformaram numa ideia. Uma ideia que poderia acalentar o desastre do dia passado. A madrugada então me invadiu, não eu a ela. Pelas tralhas guardadas no meu quarto, e eram muitas, encontrei respostas para o que eu havia planejado. Manejo da consciência unido a um pouco de força física, meus músculos responderam como se jovens. Na benquerença do menino, fiz autocentrado, e também fazia por mim. Ainda com o sono disperso, o que eu precisava fazer me satisfez. Da abstração ao resultado suado e às peças encaixadas como se nascidas uma para a outra.

Trabalho feito.

18

Os que se foram, futuros são.

O saguão pela manhã recebia os moradores com cara de sono. Até que Ana Lúcia, a que poderia escangalhar meus planos dilúculos da madrugada em claro, saiu. O seu rosto mirado para o além não estava cordial. Ela passou por mim sem quaisquer sinais e o primeiro fluxo de pessoas após ela diminuiu. Voltei ao meu sepulcro particular. Encaixei ali no saguão, numa fusão de expectativa e agonia, o presente arquitetado na alvor. Mal montei a surpresa e estava batendo à porta do 301, buliçoso. O menino abriu uma fresta. Ele precisava descer; sem a sua companhia, não haveria surpresa. Deixou o medo de ser descoberto pela mãe ressoar da sua voz baixa e fina. É rápido, vamos, tenho uma surpresa – não deixei ele pensar tanto.

Fechou a porta sem força e entrou, deixando-me no corredor. Alguns barulhos após, ele reapareceu com todas as suas equipagens desordeiras, incluindo blusa de frio – mesmo estando quente como o inferno. Certo que eu não deveria encorajar o menino às desobediências, relevei. Precisaria ganhar a confiança da sua mãe em algum momento, não o contrário. Isso cismava com as minhas próprias obsessões. A confiança dele, eu acho que já a tinha.

Com um lençol grande eu havia coberto aquele monte misterioso fruto do meu trabalho noturno.

Fiz um pouco de suspense.

"Pronto?"

Ele fez que sim.

Deslizei o pano com a sensualidade da lentidão: um pequeno circo de papelão para bonecos montado em várias partes. Estevão siderado, ainda sem entender. Custaram-me horas montar o mini-picadeiro e limpar os bonecos antigos. Usei quase todas as caixas que eu dispunha na garagem. Um dia elas serviriam. Cortei por cima e na lateral. Desenhei a tenda, as entradas. Uma lona com alguns pedaços de pano sobre um cabo de vassoura cobria a base. Estevão fitou os detalhes, narrando em voz alta o que via: porta, picadeiro, arquibancada. Na fantasia se permitiu entrar, sem volta. Do carinho caprichoso construído em réplica da minha cabeça, cada pedacinho das caixas pintado preciosamente. Peça a peça de papelão articulada. Ainda completa a arena com pó de serra (papel picado) degrau por degrau da arquibancada. Lidei bem com as minúcias, sozinho. Circo encadeado, podíamos andar por trás, manipular os bonecos marionetes por cima, com fios e pedaços de pau. Não demorou para Estevão entender a mecânica. Circo e menino enredados.

É nosso. Somos sócios, eu disse talvez cedo demais pelo corte à sua descoberta. Ele estava entre o medo de ser pego e a alegria.

A artimanha persuasiva que precisei usar, compreendeu ser nosso segredo. Os vizinhos não sabiam da nova lei de distância. O sobrosso do menino aos meus argumentos deixava suas respostas mais lentas que o habitual.

Lendo assim, seco, entende-se essa manipulação como se para suprir a minha própria fantasia. Eu, um filho da puta egoísta. Mas não é só o lado ruim. Eu precisava do menino. O menino precisava de mim. Vontades alinhadas, prefiro pensar. Estou longe de ser um bom exemplo. Nunca disse que seria ou que queria ser. Só que pela balança da minha consciência acertei mais do que errei. Ele se convenceu das eventuais e necessárias mentiras que teríamos que contar caso descobertos. Estendi a mão e nos cumprimentamos. Acedi em tom de respeito.

A plaquinha avulsa de papelão recortada de forma retangular no chão estava sob a sua mira. Apontei para ele o pincel e o tubinho de tinta. É para o nome do circo, você escolhe. Ele pensou. Coçou a cabeça e o queixo. Escreveu:

Gran Cyrco Fabulozzo

Sei que no circo eles escrevem tudo errado, apressou-se. Uma emenda do prédio com a nossa história, de grafia errada, carregando um sentimento destemperado, um arroz apimentado sem sal, um som mais alto no fundo de uma igreja, algo que soa estranho quando se ouve e perfeito quando se sente, como paixão proibida.

Coloquei a plaquinha no ponto mais alto do cabo de madeira. O circo impôs sentido ao saguão acomodado pelo remanso das horas trabalhadas pelos moradores. Como o plano de fuga era vivaz e iminente, as caixas foram projetadas para serem fechadas rapidamente.

Estevão pediu para colocar a roupa de palhaço, pela parte da fantasia: é sua. Devolvi a fantasia a ele. Ficção montada, perto da realidade travessa do proibido, propus um ensaio. Queria ver aquilo funcionando. Ele pegou os bonecos numa intimidade afetiva que me fez sentir orgulho.

E, como se somente conseguisse ser feliz com melindres, olhou para a sua roupa com cara de "como vou levar isso embora depois?". Abri a última de três gavetas sob o balcão. Você pode usar à vontade e guardar aqui, antes de sua mãe chegar, sugeri sem descaso. Ele me olhou protegido.

Patranha acertada, livres. Livres e com tempo. Estranho ser libertador viver na mentira, mas era. Sentimento de safa que os cafajestes experimentam. Não teríamos mais só duas ou três horas, pois não havia mais contas a serem prestadas.

Recordei algumas peças do meu tempo as adaptando aos bonecos. Um pouco de teoria antes da prática, como a boa ciência. Entre as pausas para comer, os enredos mais fantásticos apareceram como visita que chega para o jantar sem convite, mas com carne de primeira como cortesia.

Os bonecos resistiram bravamente ao tempo, quando havia muito eram despertos em meu circo itinerante da minha época com o meu tio Costela. No controle por cima, aquele primeiro ensaio foi basicamente com a gente sentado. Da manhã ao fim da tarde, vivíamos um fôlego malandro de quem está no topo e precisa respirar fundo para continuar. No vai-e-vem tonificado na hora do almoço, a sobriedade do nosso disfarce e a pouca comunicação entre os vizinhos seguramente nos blindaram da Ana Lúcia. Até porque no 3º andar havia tempos somente os dois habitavam. Nosso descaramento era tamanho que ninguém suporia o abstruso. A engenharia pelo não cansaço funcionou bem.

A falta de ofegância respondeu à altura. Nem testa molhada, pigarro, sono. Apenas minhas vistas que forçaram à pouca luz que passou a entrar pelo dia indo embora.

Satisfeitos, reconfortávamos a hora da parada. Logo Ana Lúcia chegava.

As caixas eram ágeis. Em dois respiros todas estavam em meu quarto guardadas e Estevão em casa.

Fazíamos o certo. Único modo de ficarmos perto. Era fácil de a gente se ouvir, mesmo envoltos em um segredo infantil e perigoso. Uma das vantagens da idade é saber tocar o errado com consciência. Eu sabia do erro. E sabia como evitar problemas. Boca fechada e um pouco de sorte. Estipulamos as 19h como o limite da nossa liberdade temporal.

Criamos um leque de números. Originais como romancistas experientes, compartilhados por espaço e vontade, como dividir uma garrafa d'água sem saber da sede do outro, ou na poesia do H. Thoreau quando conceituamos simplicidade e descoberta, bem como nos ensaios, criações e montagens, que seguimos por semanas, dia a dia, hora a hora, ouvido à boca. Numa facilidade dos atores antigos, que não precisam da deixa ou das marcações manjadas do palco.

A portaria não fazia mais sentido algum sem o circo de papelão.

Começamos a melhor parte da nossa história. Nas veredas construídas pelas relações humanas, se a poeira conta história, é porque o suor permite. Minhas desrazões anárquicas me enfrentavam. Agora, aos 80, o mesmo tempo é mais curto e o romantismo é mais árduo. Pensar sobre a vida é não pensar sobre o futuro. Parece estereótipo *carpe diem*, mas não. Inconsequente seria fazer planos a longo prazo entre os limites da minha velhice com a idade pouco saudável do Estevão. A sociedade permite que nós, velhos, voltemos a ter fantasias. Ou porque acham que estamos dementes, ou porque acham que é o que nos resta. O passado é como um machucado aberto que dói como poesia bem escrita. Logo não terei mais conduções a pegar, boletos a pagar, vergonha a passar. Mas como versado por *Sêneca*, nada é tão lamentável e nocivo como antecipar desgraças. Na ordem natural da criatura, 80 anos me preparando para morrer. Dançando entre escolhas que fiz e escolhas que deveria ter feito. E pensar sobre isso me remete à não travessia do curso da natureza – curta – pela frente do Estevão. Então, éramos duas ordens naturais e duas fantasias chegando ao fim.

Em meio aos papelões, nós dois.

19

Sapato gasto não se olha os dentes.
Ainda que ninguém veja, você pode andar.

Ensaios do circo do papelão cingidos pelos números organizados, maganos, ida e vinda com os corpos num bailarico orgânico. Ele por mim e eu por ele, como *Coppélia,* do Léon. Sob os braços a arte-locomotiva na delonga espera pelo povo, quem assina a obra. Faltava ele, o povo. Trança da metafísica que toca o artista, que fortalece as mãos que o palmeiam. Arte sem povo é vã. Estevão é um artista, eu não precisava dizer. Se fosse mais forte, seria malabarista ou trapezista.

Ao final dos ensaios como tela, a luz do sol pintava avermelhada o saguão, avermelhada como pêssego maduro, que não se entende laranja ou roxo. Aí cintilava. Caixas refletindo cores davam adeus ao marrom-papelão-colorido, bonecos resfolgados e bronzeados no chão.

Estevão estava sentado olhando o porvir. Sua mirada fértil de escanteio alegava a *Moça com brinco de pérola,* do Vermeer, uma resposta à minha proposta: a estreia.

"Estrear? Como? Pra quem?"

"João e Maristela."

"Pode ser."

Os amigos eram a certeza de público para um encetamento modesto. Estevão missionado e persuasivo deveria ir à escola e fazer o convite, dali a dois dias nossa primeira apresentação – propus. Queriam testar, sem rolo, para dois chegados, sem quês: sim, eles viriam.

30 minutos de teste de números curtos, recostados nos que pouco erram, matrimoniando talento e operários. Dali a pouco um público de verdade? Sessão anatomicamente aberta para os dois primeiros, o resto responde depois. Eu abafava a boca da minha consciência prudente com as mãos. Você não, aqui não.

Não me distinga de chefe de uma mamparra de crianças, articulando fraudes, esburacando o caminho com o de um senhor idoso que quer se divertir. Eles pensavam por si, apesar da pouca idade, e bancavam meu deleite. Porque aquele preparo arfava como se carne e osso, no mesmo dia que, quando frangote, tatuei um picadeiro ao lado de um pássaro azul acima do meu mamilo esquerdo. Numa época em que *Bluebird*, do Bukowski, me ganhou, rabiscado em inglês num livro de bolso que um palhaço etílico – na acepção picadeiro, literal, palhaço, alcoólatra – me deu quando ficou na estrada com a gente por uns três meses. Único que eu sabia declamar em outra língua:

"There's a bluebird in my heart that // wants to get out // but I'm too tough for him, // I say, stay in there, I'm not going // to let anybody see // you. / There's a bluebird in my heart that // wants to get out // but I pour whiskey on him and inhale // cigarette smoke // and the whores and the bartenders // and the grocery clerks // never know that // he's // in there. // There's a bluebird in my heart that // wants to get out // but I'm too tough for him, // I say, stay down, do you want to mess // me up? // you want to screw up the // works? // you want to blow my book sales in //

Europe? // There's a bluebird in my heart that // wants to get out / but I'm too clever, I only let him out // at night sometimes // when everybody's asleep. // I say, I know that you're there, // so don't be // sad. // Then I put him back, // but he's singing a little // in there, I haven't quite let him // die // and we sleep together like // that / with our // secret pact // and it's nice enough to // make a man // weep, but I don't // weep, do // you?*"

Essas linhas me espancaram. Guardei no bolso o corte fino do papel. E na cabeça, para sempre.

Agarrei-me às perquirições do risco: havia ou não de o menino descoroçoar de novo? Risco baixo comigo sozinho. Risco alto com os amigos? E quanto da ansiedade estafa? Seria loucura a gente se apresentar ainda que para uma mirrada plateia? A agitação emocional lhe cansaria? Ele passaria mal?

A semana cozinhou corroendo meu pavor. Deixei o dia e o aceite da pequena plateia chegarem com hora marcada,

---

* *Há um pássaro azul em meu peito que // quer sair // mas sou duro demais com ele, // eu digo, fique aí, não deixarei // que ninguém // o veja. // Há um pássaro azul em meu peito que // quer sair // mas eu despejo uísque sobre ele e inalo // fumaça de cigarro // e as putas e os atendentes dos bares // e das mercearias // nunca saberão que // ele está // lá dentro. // Há um pássaro azul em meu peito que // quer sair // mas sou duro demais com ele, // eu digo, // fique aí, quer acabar comigo? // quer foder com minha // escrita? // quer arruinar a venda dos meus livros // na Europa? // Há um pássaro azul em meu peito que // quer sair // mas sou bastante esperto, deixo que ele saia // somente em algumas noites // quando todos estão dormindo. // Eu digo, sei que você está aí, // então não fique // triste. // Depois o coloco de volta em seu lugar, // mas ele ainda canta um pouquinho // lá dentro, não deixo que morra // completamente e nós dormimos juntos // assim // com nosso // pacto secreto // e isto é bom o suficiente para // fazer um homem // chorar, // mas eu não // choro, // e você?*

a linha estava feita e precisava ser cumprida. Acontecemos de repente na dualidade: marca que chega. Pavor abortado pela minha cabeça fleumática, instantes antes, relaxei; disposto, mal dormido, na noite que precedeu a estreia.

A manhã era mãe da minha solidão, e com ela montei o circo que viria a ser apresentado. A inútil ida e vinda do meu quarto ao saguão reverberava minha aflição, como se dependesse do aconchego dos pedaços de papelão que se uniam para não serem mais separados, certos portais mágicos.

As dores das pernas pressionando os meus joelhos gritavam para dentro. Os pequenos cansaços foram partindo quando tudo se formalizou no nosso pleito, feito a beleza de noite agitada no Teatro Municipal. Minuciosidades ligando o tapete que estendi sobre o chão, as luzes, os bonecos, meus fins. Tarde de gala pedia requinte.

Em duas taças de vidro para o refrigerante, o luxo. Acompanhado de pipoca e cachorro-quente, o pátio. Alguns minutos olhando o circo armado e meu coração parecia bêbado. Segurei a lágrima com uma tosse seca. Agora não, espere um pouco.

Girando saguão adentro, como redemoinhos de poeira em dias quentes, meu pretérito. Desloquei-me por alguns segundos dos anos. Velho ou criança, união confusa de gerações, eu, despertado do passado, quando simples na itinerância de caminhar com os pés das histórias.

Estevão apareceu rompendo-me com as sobrancelhas de aprovação. A ausência de luz do dia, apesar da tarde ensolarada, instalada pelos grossos cobertores nas janelas, ao ar escuro do que logo aconteceria, nos apreendeu. Desfilou como um fiscal pelas caixas fazendo que sim com a cabeça. Fiquei parado no centro do salão com os braços cruzados, esperando no meio das duas banquetas dispostas para a plateia.

"Pronto?", ele me perguntou como se não soubesse que sim.

"Vista sua roupa primeiro."

Atrás da portaria, em três movimentos, ele estava montado. Voltou com a destreza dos amantes. Passos firmes, mas suaves. Centrado, devidamente palhaço, também cruzou os braços:

"Pronto."

Meia-hora antes do marcado não havia suor que secasse. A hora amarrada em um refrigerante. A posição das banquetas, milimétricas nem tanto à direita, nem tanto à esquerda. Apaguei as luzes, em reverência ao clima. Porta de entrada aberta homenageando os que chegariam. O refletor adaptado ligado como se conversasse em amarelo com o resto do mundo.

Ansiedade morreu agradecida à pontualidade dos convidados, que chegaram sem saber o que viria. Mostrei os seus lugares. Seus pés direitos entraram ávidos com os olhares correndo pelas montagens. Mal conseguiam ficar sentados. Sobre cada banqueta, comidas e bebidas deitavam com a paciência das estátuas. Estevão agachou atrás das caixas, entre suspenses recicláveis. Maristela e João continham o riso com a espera. Chegou a hora. Ao lado da caixa central, puxei o ar, que evadiu do meu pulmão e me chegou à boca livre feito estrada reta em Dia de Finados.

A voz gritada pelo saguão foi ouvida como se 50 anos mais jovem, passeando pelo respeitável público e morrendo na apreensão da primeira sílaba pré-beijo. Além dos ouvidos, tocou as palmas, brilhando no escuro em um fio de luz com a maestria da virgindade que só criança exala. O grito no *Gran Cyrco Fabulozzo* encerrando o anúncio soou mais longo no zzoooo, minha garganta coçou, interrompida por mais e mais aplausos.

A luz adaptada dentro do circo explodiu mais amarelos confortáveis salão afora.

Primeiro, um número de mágica, o mais simples.

Depois, o globo da morte, uma maçaroca de papel picado como se fossem grades de aço.

Depois, os palhaços, meu número preferido, no uso máximo dos bonecos.

Depois, os malabaristas, bonecos com tiras e pinos nas mãos.

Depois, os animais, pelotas de papel bem pintadas.

Depois, os acrobatas, em umas varetas usadas de churrasco que ficaram escuras pelo sabão.

Depois 20, depois 25, depois 30 minutos.

Estevão decorado quedou-se preciso. Poucos bons improvisos me dizendo com a cabeça que tínhamos sobrevivido. Nada menos que assobios e gritos amontoados em gratidões.

Do som afável da plateia, extrai o melhor mel da colmeia mais feroz, reflexo das memórias dos meus tempos à frente do circo quando meus joelhos escolhiam andar; euforia, os mesmos trejeitos levando as mãos à boca, os pés batendo no chão, os toques chamando atenção ao detalhe.

Agora, no último ato, o trapezista desembalava o número que mais articulava equilíbrio, quase adoecendo as quatro mãos, alternadamente, da eventual baixa resistência.

Os trapezistas saltaram como se livres em arbítrio, sem qualquer prisão do regime fechado pelos fios e tocos, e fim.

Fim, com gritos da plateia de pé e a confiança de quem chegou lá. Reverência respeitosa aos dois numa sinceridade de mãe feliz pelos primeiros passos tortos do filho.

Os dois abraçaram Estevão na aceitação daquele pequeno trio à desdita da vida. Fiquei em pé atrás das caixas. Deixei as palavras com eles. Eu era excesso ali. Estevão ensinou como fizemos, da roupa de palhaço aos ensaios. Minha invisibilidade prazerosa planava feito pássaro solto no saguão. Sem medo. Sem fome.

Colocaram a peruca. Vadiavam na liberdade assistida pelas minhas mãos sem juízo. Nos bonecos, mostrei como prendê-los nos tocos. A engenhoca inanimada sem comando não podia se perder. Cada um com a sua identidade. É só girar aqui, subir assim, Estevão perito de si.

Expectativa já vencida, no chão com as resenhas. Falar sobre circos, meu mote. Três crianças sob minhas histórias. Das dúvidas simples, enquanto eu os respondia, mexiam nas caixas. Nós quatro esparramados no chão, rindo, conversando. As testemunhas da minha nova nascença. Na primeira, decerto, eu havia sido concebido com pecados, muitos pecados embaixo de uma lona.

O nosso papo parecia infindável, nem me dei conta que o dia nos entregou seu fim de surpresa. Os moradores que começaram a passar pelo saguão me recompuseram em alerta. Precisava organizar a bagunça, ainda que Ana Lúcia não falasse com nenhum vizinho, um circo armado no saguão poderia romper barreiras intransponíveis de diálogos. Você viu o circo enorme que montaram na portaria? Ou, viu Estevão brincando de palhaço no cirquinho? Seria o mínimo.

Na reles prudência, antes do movimento aumentar, retirei os panos da janela. Deixei que a penumbra avisasse a hora de irem embora. Um pequeno incômodo me deslocava dos três. Fechei as caixas enquanto eles se despediam. As dores carregaram o tapete para o quarto. Com cara de portaria, o saguão estava asseado na hora certa, perito nenhum descreveria o que tinha acontecido ali havia poucos minutos. Os moradores voltaram para as suas casas com a normalidade pacata do proletário. Abracei Maristela e João antes de saírem, e o alívio do fim me acareou. Fizeram-me prometer mais.

O que havia acabado de acontecer?

Estrambótica afeição nublada pelo recente acontecimento, Estevão de olhos parcioneiros. Encontrei nele o torpor pós-evento. Minha agitação espaçosa amainada. Escolhemos não perguntar. Subir e respirar fundo com a força que nos resta antes de erguer o troféu.

"Conseguimos!" – ele, não ingrato, como seca que recebe novo desvio de rio, subiu para esperar a mãe chegar.

"A gente estreou."

20

Fizeram uma linha sobre o chão. Ninguém podia cruzá-la. No já, valendo. Já! Cruzei a linha. Fui brincar sozinho.

Ninguém quer sair do alto. Ver do topo o que deu certo é um presente efêmero que apetece a expectativa do futuro. Foi difícil fazer acontecer. Apresentamos. Não levantamos suspeitas. Ana Lúcia não soube. Maristela e João gostaram. Não erramos. O Edifício Fabuloso recebera nosso delírio e voltara ao seu *status quo*.

Mas a vitória vicia.

Se certo com dois na plateia, certo com 20 ou 30 – era difícil não pensar nisso. Se a ambição alimenta o risco, com poucos ajustes conseguiríamos nos apresentar para mais gente.

Quantos colegas têm numa sala de aula? Uns 20 bastariam.

Planejei de novo, se somar meia-hora de espetáculo para sintonizar criadores, criaturas e tensões, aumentar um pouco a performance, a viagem da escola ao edifício valeria a pena. Os espectadores seriam certamente agradados.

Estêvão aceitou. Só não sabíamos ao certo como fazer. Transportar crianças para o prédio era um pouco loucura. Mas naquela altura, o que não era? Três semanas marcadas com canetinha azul padrão no calendário do Banco do Brasil que ficava sobre meu balcão para nos afinar à discrição, daria tempo. Certamente minha não preocupação súbita sobre como fazer era ponto motor da esperança de que Ana Lúcia um dia se curvaria às proibições que nos impusera. Quem sabe dali um pouco mais de um par de semanas ela nos tornaria lícitos de novo?

Emendamos os cronogramas tacitamente, pensamos nas artes novas. Sobre a mãe do menino, quis crer que a iminência dissuasiva dos problemas afrouxaria se não falássemos sobre eles. No movimento que estávamos aprendendo, foi algo que, sem decidirmos, aconteceu: nas falas e peças novas, Estevão afiado como roteirista experiente, mergulhamos os palhaços em novos números, respingando truques para os mágicos, com a vagareza da minha memória e mais três caixas com dois bonecos melhorados.

O menino uniformizado com as roupas de palhaço e expectativa recém-criada também nos ensaios, pela ordem vestia as calças, a camisa branca, o macacão, a meia colorida, o suspensório, o sapato gigante, a peruca, o nariz, tinta no rosto.

Palhaço montado aludia olhar no espelho como apenas um reflexo do que havia de cada lado – eu carne, eu vidro; e não questões intrínsecas que me invadiram com a idade embaraçosa fúnebre em desatino com a dúvida.

Não sei se eram ensaios ou felicidades experimentadas. Porque a felicidade circense se traveste de melancolia. Ninguém reconhece as dores do artista, como se repousasse sob a pele e a perfeição lhe ornamentasse o rosto de fora, impassível de zelo alheio. Talvez por isso me ocorra ser ela a legítima bem-aventurança inatingível a alguns.

Elucubrei sobre essas dores voltando aos seios dos filmes que assistia com meu tio nas noites de acampamento, como *O maior espetáculo da terra*, do DeMille, que apresentava à nossa atenção a beleza de Betty Hutton e a agonia de uma disputa pelo seu coração. Naquela tela havia me tocado que o circo deveria ser a etimologia da vida. A crueza de quem faz rir, a frieza da ribalta, o ultraje do feio para manter o corpo pulsando.

Nessas canastras inquietantes parecíamos prontos, se duas ou 100, a plateia que fosse, a qualquer tempo. De cá, tão espetacular quanto o do DeMille, "que nada se quebre ou amasse até o dia".

O êxtase da primeira semana derrocou às custas da segunda. Dias que me escadeiraram. No hábito desatento dos ensaios e o veste-e-tira do traje de palhaço do menino, tivemos mais uma queda. Corpo solto na corrida pelo avanço do horário, prestes a Ana Lúcia chegar, ele foi embora aquele dia quase fantasiado. Não percebemos. No tempo de um cochilo, após eu guardar as caixas, a mãe do menino, embaralhada com a antipatia habitual, passou pela portaria rumando à casa mais tarde que o de costume.

Bastou um estalo do meu pescoço e ela estava de volta na velocidade da raiva:

"Que porra é essa!?" – o que estava em suas mãos espirrou no meu peito.

A negligência da pressa fez o menino dormir no sofá com os sapatos de palhaço que esquecera de tirar. Cena de esquete rasa, ela brava com calçados enormes nas mãos não tinha graça, deveria.

Filho da puta! Quero a polícia aqui! Velho idiota! É brincadeira. Cala. A. Sua. Boca!

Na voz trépida com o rosto esbraseado, continuou e eu já não mais a ouvia. Era só boca, sem som. O meu medo a emudeceu e percorreu minhas veias à cabeça com o sangue mais quente: polícia, que ela castigasse mais o filho, que Estevão piorasse – por minha culpa, que eles se mudassem.

Em seu rastro, a porta do 301 estourou numa batida, meus ouvidos colados nela só ouviam gritos desafinados vindo lá de dentro. Termos do castigo finalizados em dias sem TV, dias sem livros, dias sem jogos e o punhal cortante: porta trancada. A chave extra iria para o trabalho com a mãe, num estrago. E se houvesse alguma emergência? Estevão chorou. Não chorava barulhento. Parecia um fim de choro de gente exausta. E ela também falava sobre o perigo de ele ir para o hospital, de não conseguir respirar, de morrer – aquele mantra que acometia às lembranças mais remotas do Estevão. Ela não estava clemente com o filho.

Quando o barulho do 301 cessou, desci diminuído. Culpa minha em contrição. Egoísta, não vi mal naquilo que eu tinha feito. Eram brincadeiras sentadas, sem esforços. Fui para o quarto e olhei o papelão, o circo, parecia triste. Peça a peça apinhada sem qualquer alento.

Ana Lúcia não cumpriu as ameaças de envolver a polícia e de se mudar, continuou no prédio, mas com a porta do 301 trancada. Ela passou a ser meu silêncio mais incômodo. Nenhum olhar avisado, nenhuma palavra. Não sabia me reenquadrar na falta que eu sentia do menino.

Ana Lúcia e o nono dia de reticência saíram pelo *hall*. Ela estava no celular agitada, parou na calçada bem à frente da entrada; esganiçada aos rugidos. Situação de quando não andamos falando para dar atenção ao falado. Era algo com o Estevão? Peguei velado o interfone da portaria. Fatalmente deu para ouvir o que ela falava pelo lado de fora. Zunzum. Ouvi. Foi péssimo. Discorria com lamúrio para alguém íntimo a tristura do filho, o mal que o prostrava na cama. Não, não, coração e o pulmão estão bem. Ele não sai do quarto. Está chorando muito. Não vou fazer isso. Tá bom, tá bom. Se o castigo era necessário, a TV seria liberada no almejo de ver o filho um pouco melhor.

Rua afora, saiu certa e veloz.

O que escutei lacerou minha psiquê. E, na culpa, eu carregava o sobrepeso mundano mais cruel aos que sentem demais nesta cidade de gente perfeita. Imaginar Estevão prostrado, chorando, catrafilado no quarto, rompia-me qualquer ligação entre a minha sanidade e a minha vida habitual. Eu não conseguiria continuar assim.

Tive uma ideia!

21

*Esse mundo todo acho que é
coisa da minha cabeça.*

Frank Baum escreveu *O maravilhoso mágico de Oz*, e sobre minhas mãos uma edição antiga e cara, o primeiro volume de 14 livros. Frank me fazia bem. Livro completo sem rancor da poeira e das páginas amareladas. Bati à porta do 301 com ele no sovaco.
 "Estevão? Tá aí?"
 Os passos dados por uma voz embaraçada fininha disse que sim. Oi. Trouxe um livro. Não dá, a porta tá trancada. Não preciso da porta, vou sentar do lado de cá, você senta daí. Silêncio. Aquele livro que te falei uma vez, do mágico de Oz. Silêncio. Faz assim, pega na cozinha um copo grande. Passos dados pelo barulho de louça. Ele não perguntou o porquê. Hum. Põe o fundo do copo na porta e o ouvido na boca do copo. Minha voz tá mais alta? Uhum.
 O barulho arrastado entre pano e madeira do seu corpo escorregando pela porta assentiu:
 "Quando estava na metade do caminho, ouviu-se um grito fortíssimo do vento e a casa sacudiu com tanta força que Dorothy..."
 Por quase duas horas *Oz* inspirou o nosso ar numa vibração honesta e transponível. Ele me ouviu sem interrupção. No castigo não havia óbice às leituras feitas na folha

de cá da porta. O *conta-mais* que Estevão me pediu agudo esmoreceu na portaria sozinha. Não daria para continuar a leitura naquele dia, a minha ausência por tanto tempo me daria demissão por justa causa. Combinei o seguinte: leria para ele todo dia das 14h às 16h, horários menos intensos no saguão, quando eu conseguiria driblar o serviço, ou até às 15h em dias de mais movimento. As minhas descidas esporádicas à portaria em um intervalo na leitura aliviariam um ou outro morador atento. Tudo bem assim? Tá.

Começamos a nossa empreitada. Leitor do lado de fora da porta, pontual como um bom operário. Minha voz doía rouca a cada fim de leitura. Era praticamente uma contação ininterrupta. A terra de Oz se despediu em alguns dias. A melhora do menino remediada e sentida em cada página lida era o meu acerto. Ele não estava mais prostrado, parecia o mesmo de antes através de ideias, pedidos e dúvidas, foi fácil presumir que estava entranhado em um amontoado de pensamentos que voavam longe dentro da sua estreitada casa. As partes que mais gostava eram infinitas. Repete esse trecho. E esse. E repete aquele. E o outro. Alguns que ele arrancava a força das anotações com a voz empostada:

"Agora eu sei que tenho um coração, porque ele está doendo."

"... porque um tolo não saberia o que fazer com um coração se tivesse um."

Minhas costas no gelo repentino da porta, que logo esquentava, a olhar a parede branca do corredor, ouvindo o eco escorrido pelas idas e vindas dos casos, fidedignos como cordel que come cru a fome nordestina.

Sentada no chão uma criança doente ouvindo um velho ler histórias, soaria folhetim barato de filme pobre emotivo, poderia incitar esmorecimento, mas o desconsolo não cabia.

Não era isso.

Ditávamos, entre capítulos, as interrupções, as conversas prévias e posteriores. Ambientávamos a nossa própria terra, perdida no fabuloso de um prédio antigo feito oásis de cidade sem casa. Separados pela madeira fina e vagabunda, a nossa comunicação lapidada.

O castigo cravado decerto acalmou Ana Lúcia, julgando estar o filho curado da desobediência. Sem imaginar que o menino estava bem por outros motivos.

Não duramos as duas poucas horas diárias, decidimos uma hora extra pela manhã. Falhamos. Não deu. Algum morador reclamou para quem mandava. Fui cobrado. Portaria sozinha de dia custava caro, eu era o único, à noite não tinha porteiro nenhum, mas tinha Ana Lúcia. Voltamos às leituras apenas às tardes. Precisávamos de mais.

22

Livre feito o pecado.
Livre feito tempestade.
Livre.

A chavearia é a casa da liberdade. Quaisquer segredos revelados pelos aços amolecidos nas moldeiras gritam e faíscam chaves plurais que não abrem nada em chaves singulares.

O Renan era dono do "paraíso das chaves" e me devia uma – umas, na verdade. Donos de chavearias devem ser estimados. De tão perto do Fabuloso, Renan usava meus préstimos de porteiro, certo da impunidade, para que eu recebesse coisas em seu nome. De malas a embrulhos estranhos entregues por uns sujeitos desusados. Isso ou seus cotovelos no meu balcão forçando trololó sobre futebol, política e mulheres. Matérias inábeis para mim. Ele seria meu cúmplice. Era hora de ele me pagar.

23

A cidade aceita a fumaça das matas que ficam perto.
Mês que venta alimenta fogueira.

Chaveiros azuis de plástico vagabundo de abre e fecha na parede inteira. Espaço pequeno para o trabalho do Renan – braço humano da copiadora de ferro – e o seu cigarro. Uma sauna quente e úmida em horário de trabalho. O pé direito baixinho, em dois metros abafadiços, umedecia fotos de senhoras com caras de mães e tias, pregadas com fita adesiva descolando. Provável que fotos de família, pelos corações. Como brinde, capas cafonas de chaves coloridas grafadas: *Renan chaveiro – paraíso das chaves.*

A presteza em me atender, respondeu à altura das minhas gentilezas emprestadas quando ele precisara. Roguei inescrupulosamente:

"Você abre uma porta para mim? Preciso de uma chave também."

Meu pedido rompante ao limite esparso entre a ética e a vontade. Nada ético. Invadir uma casa com uma criança dentro? Riscos me escorriam em forma de suor embaixo do nariz. Era porta aberta, simples, sem suspeitas. As leis e a mãe não entenderiam meu anarquismo e rebeldia.

Renan, gatuno feito marginal experiente, bateu continência – assim fazia sem eu saber o porquê, quando muito me chamava de major. Conversamos rapidamente sobre alguma outra coisa que não me vem à cabeça, porque minha atenção não estava nele. Ele percebeu e nada perguntou, como eu também agia em seus mandos.

Meia hora depois da visita do ratoneiro Renan ao 301, que não despertou Estevão, que dado ao silêncio presumi que dormia, a cópia da chave estava em minhas mãos e me persuadia a continuar. E Renan, sem perguntas, me entregou cúmplice sua olhadela velhaca de que um dia me cobraria por isso.

A chave entrou fácil como se mergulhasse num copo d'água. Regi a maçaneta em um giro leve. Estevão me disse pouco, algo como abrir os olhos em dias de chuva. Agachei com os braços abertos feito cartão-postal que abraça a distância.

Mais um segredo a partir de hoje.

Passou o corpo à frente do cilindro de ar na liderança de menino cansado do castigo.

"Não posso mais deixar a portaria sozinha. E a gente precisa ensaiar."

"Vai continuar lendo para mim?"

"Teremos todo tempo na portaria."

Mostrei o livro sob meus braços. Era um livro cru, dos *Grimm*.

"Você ainda se lembra dos nossos números?"

24

*Uma vez uma poeta me disse que a realidade é uma
tela mal desenhada colocada por engano
na galeria hiper-realista.*

A chave extra agora era propriedade do menino. Escondo atrás da privada num pedacinho de cimento grudado, ele disse. Nem no maior devotamento a mãe descobriria.

Havia poucos dias daquele retorno e do circo, decidindo se descansava entre os livros lidos e as peças, adornado pelo pequeno palhaço bem vestido, me seduzia colocar um tijolo a mais.

Se a psicologia fosse clara, provável que flertaria com as minhas condutas sem tantos revolteios. Ou mais trivial do que isso, algo que pudesse nos dar mais liga. Minha memória, em seu sentido vasto feito queimada em mata seca, vivia me buscando; lembro-me da Sônia, uma mulher astuta que cuidava da faxina do circo. Queria ser psicóloga para entender o miserável bêbado do marido que a espancava. De que adiantaria entender? Isso vai doer ainda, mulher. O filho da puta cuidava dos motores dos carros e dos caminhõezinhos do circo. Lembro-me que, quando moleque, mas não tão pequeno, me assustei com um tapa que ele deu na cara rosada da Sônia, que me olhou culpada. Em dois segundos instintivos meus braços arrancaram um pedaço de cano de ferro que prendia desnecessariamente uma corda grossa, e minha força de menino de dez ou 11 anos desceu impávida na sua cabeça. Caiu gritando meu nome com o baque. O chabu perfeito fez todo mundo do circo correr para ver o que acontecera, parecia júri dos poucos que queriam me condenar aos muitos que queriam me absolver (os que já conheciam a fama do homem) – não fui punido, lembraria se sim. Sônia buscou rumo longe do circo, ninguém soube se com o marido, que também sumiu. Meu instinto absolvido empertigou minha coragem. Num outro tempo, eu já com 15 ou 16 anos, ela apareceu na coxia de uma cidadezinha qualquer para me ver. Foi uma boa surpresa, não precisou anunciar sua entrada, era querida por todos. Matou a saudade da gente e num canto manhoso me agradeceu pela ferrada daquele dia. Graças a ela abandonara o imprestável. Suas mãos com tanta pele sobre meus ombros mostravam algo novo. Estava estudando psicologia em um curso comunitário e informal. "Que morra aquele filho da puta do pau pequeno." Nunca mais a vi, foi a última vez. Nem aquele homem de quase dois metros com o pau pequeno, que descobrira só aquele dia o tamanho do pau.

25

Ilusão, a quem você serve?
Senão pelo banquete à vida, do que valeria?

Um pátio descampado que ficava na zona industrial aceitava todo tipo de evento, e lá também recebia os circos que estavam na cidade. Os produtores avisavam por meio de panfletos jogados pelas ruas – incluindo a minha portaria – as datas das atrações, dos shows, das apresentações. Eu sequer forçava a vista sobre tais papéis, iam direto para o lixo. Mas aquele dia eu queria saber se tínhamos algum picadeiro na cidade. Procurei por alguns panfletos na minha bagunça que seriam sobreviventes do descarte, ansiava por ver algo. Mas não encontrei. Fui atrás dos jornais da cidade.

A banca que abria de segunda a segunda corava as capas de revistas com o sol sobre as vitrines feito lupa matando formigas. Anselmo, o dono emburrado que me vendia livretos, coleções baratas, revistas, e me dava jornais de ontem, sabia, dia sim, dia não, ou dia sim, dia não, dia não, que tarde ou cedo eu apareceria. Não éramos de trocas, apesar do nosso apreço. Quando muito um comentário sobre a coleção nova da revista que custava caro, que trazia a maquete de uma moldura dourada para um mini quadro de arame que se formaria quando da compra completa de todos os números do periódico. Pedi alguns jornais não vendidos, na camaradagem. Com destreza, retirou alguns debaixo do balcão e me estendeu a mão, cortês. Agradecido, saí com os jornais carregados pelo meu semblante acurado até chegar à portaria e abrir as barulhentas folhas grandes sobre o balcão. Senti uma coceira no pescoço de nervoso, que sempre me dava em dias mais quentes; não era sarna, sabia bem como era a coceira da sarna, é coceira que arde, não como a coceira gostosa como a do bicho de pé ou a leve que agora eu sentia.

No recorte do caderno social havia fotos de atrações sobrepostas perto do mastro, erguendo lonas amarelas e vermelhas em listras zebradas, propagandeando o que eu procurava, uma atração circense. E aquele anúncio dizia: *Circo ilusion*, que ficaria ainda alguns dias na cidade em temporada estendida pela grande procura por ingressos. Pataratice, ainda usavam isso de grande procura por ingressos?

Circo tradicional que se preze tem data de fundação amostra, e o *ilusion* era de 1938. Já ouvira vagamente sobre ele no passado, não que isso autorizasse as quebras das minhas promessas sobre mexer nessas histórias simultâneas às minhas de quando eu me besuntava de pancakes. Mas a curiosidade pagã me fez pensar por alguns segundos por onde andavam os artistas daquela época. Será que piores que eu? Enevoei os desvelos por aquelas pessoas que não tinham mais rostos.

Sessão de matinê às 15h no dia seguinte, inarredável no anúncio. Era só afinar no meu trabalho para que minha saída não me trouxesse problemas. Ser porteiro único não me oferecia luxos flexíveis de horários. Somente à noite admitiam a minha saída do saguão, quando todo mundo sabia da minha ausência e se munia de chaves. Meus absentismos pelas leituras furtivas no corredor do 3º andar já me deram problemas.

    A administradora do prédio teria que entender minha ausência, dessa vez por umas três horas ou um pouco mais. Caso de vida ou morte, menti. Caso cirúrgico, menti. Recuperação em um dia, menti. Pequena incisão para tirar um pequeno nódulo, menti. Falar em cirurgia, nódulo, hospital era bom esquema de comiseração. Jurei jurado que levaria o atestado. A administradora ainda o aguarda. A ela até hoje devo essa, mas não foi totalmente gratuito. Como condição, tive que avisar os moradores para saírem com as suas chaves a partir das 15h do dia seguinte.

    A ida ao *ilusion* não era só para mim, como já devem supor. O meu objetivo era levar o Estevão a uma experiência que valeria a pena sentir. Pela sorte dos circos instalados no dia e no lugar certo, combinei com o menino. Amanhã terá uma surpresa fora daqui, certo? Certo. Ele aceitou sem esforço e ansioso, foi persuadido sem tanta diligência como criança faminta que vê peito cheio de mãe. Não me perguntou sobre Ana Lúcia, sobre nosso destino; nada.

    Esqueci da fome medrada pelo cheiro de jantar às 19h e, porta por porta, avisei os moradores que entenderam minha ardilosa cirurgia no dia seguinte. Todos me desejando sorte.

    Pulei o 301.

26

Dá corda para o menino
que ele pula o dia inteiro.

"Para onde vamos?"
"Pedi um táxi. É surpresa."
Padronizado em vestes impecáveis como designer de moda que usa boinas, Estevão, no dia seguinte, a exatas 14h30, assobiou sem forçar, com o rosto colado no vidro da frente do Fabuloso, me avisando que o táxi havia chegado. Um Gol vw preto, meio velho, redondo, com quatro portas e um bigode disfarçado de motorista encostado perto da guia, deixando os pneus espernearem no paralelepípedo quente e disforme. No retrovisor, uma atenção na sua mudez de óculos de aros grossos, pele bem morena indiana recebendo cabelos lisos. Sem muitas intrujices, silenciamos. Quebra do vácuo do carro com janelas fechadas para a poeira circular melhor e dançar feito estrelas em contraste com o sol, que desalinhava em feixes vidros adentro, algum assunto reduziu nossa apreensão. A voz incomodada pelo bigode sussurrou algo que tinha a ver com acidentes nas marginais e trombadinhas pelados nas fontes públicas. Um absurdo deixarem esses vagabundos, disse sem virar o rosto, como se falasse para governantes.

A sudorese das minhas mãos media a distância do Fabuloso com a justeza de um teodolito, a cada metro um nó diferente tensionava abaixo da pele dos meus ombros. O menino era porto seguro do seu olhar placidamente entusiasta. A oeste rumo ao sul, a cidade conversava com ele com seus ruídos arquitetônicos e sisudos, e concretos rachados e frios, entre os suados que aguardam o ônibus com cansaço e sol e alguns que caem ébrios sem direção, e os cachorros que estão em todo lugar, da mansão à sarjeta, da mão limpa à doente, e entre as faixas mal pintadas das ruas esburacadas, e a seriedade das fábricas e o colorido dos semáforos, e a fumaça da moto pobre, e a fumaça da cozinha rica, e o rosto sujo do homem que trabalha com cimento, e um carro importado mais rápido, e ao compadrio dos taxistas que se cumprimentam com setas e buzinas decoradas; chegamos.

Tivemos que superar a má vontade de parar das buzinas. Do lado de lá da rua, a montagem parecia entrega de tela assinada do séc. XIX com comissário de exposição convidando a gente para um desvio.

"Um circo!" – Estevão olhou solidário para a lona montada no impulso dos que confiam. Eu, terrificado, conto nos dedos de uma mão em longos anos para cá a vez que passei a alguns poucos metros de um.

À minha frente, claro pelas pernas que me recompunham do percurso, juraria cópia do meu circo. Arrepiado e lento, minhas pálpebras preguiçosas em abrir e lépidas ao fechar, o falso sono do desarme pelo medo.

Impressionante: era o meu circo!

Desprendido do meu passado, o mesmo tamanho da entrada, a posição das escadas, a posição dos trailers, as caminhonetes com os guinchos, as cores, as barracas de comida, o movimento dos artistas ainda descaracterizados no fundo se preparando. Agudamente igual. O deslumbre do Estevão escondia meu choque. Eu não estava entendendo ao certo, como podia tanta semelhança?

Atravessar a rua era questão de decisão. Minhas mãos apaixonadas espremeram a do menino, doeu. Desculpa. Desajeitados eu, ele e o cilindro entre os carros, passagem que invejaria as mais ambiciosas películas do Godard. Estufadas e esverdeadas, podiam-se ver as minhas veias abertas – e toda a minha América Latina – sobre os ossos dos meus dedos nervosos. Se crianças formavam filas desajeitadas pela entrada lateral e jogavam pó de serra para cima, na bilheteria, alguns adultos compravam as entradas.

Meu estado, petrificado pela emoção dos coitados na porta de entrada, derrocou: o sujeito de fraque vermelho, uma cartola preta, um monóculo, um bigode grosso, seria o próprio domador de leões do meu circo se ele já não houvesse morrido havia algumas décadas. Parecença tamanha que me fez querer tocá-lo. Não fiz. Cabeça chacoalhada voltando ao prumo, voltando aos palhaços vendendo algodões doces, amendoins doces e salgados, pipocas, cachorros-quente, churros, coquinhos, pastéis, sanduíches, refrigerantes, águas e sucos, cervejas não.

Quando lúcido, me notei na fila. Com as mãos sobre os ombros de Estevão, corria os olhos convulsionados entre a dobra da lona e os parafusos que me agrediram com o padecimento da infância. Cada parafuso e cheiro me eram íntimos.

Quando jovem, eu buscava sombras naqueles espaços maiores entre ferros e cordas ou deitava atrás do sono de barriga cheia. Ainda que lá também acontecessem as traições e as grandes tomadas de decisões. Se é que há essa coisa de destino, tudo tão igual quanto rosto de menino que polícia acha que é bandido. Ou de Deus, como os mais crentes diziam e diziam, e gritavam e gritavam.

Minha cabeça não estava na terra e nem no céu. A agudeza em *flash* me fazia olhar o menino num *checklist* de segurança automático. Decerto respondi ao que vagamente me lembro de ele perguntar sobre o funcionamento das coisas: como era lá dentro? Quantas pessoas cabiam? Os palhaços eram mesmo legais? Etc. e et cetera.

Joguei uma água na nuca e o nariz queimou o ar para o pulmão, que tossia toda vez que o vento de fora era maior que as narinas. Menino livre em troca das minhas mãos estarem com pipocas. Ele entrou na frente tocando o sósia do domador de leão, após o namorisco de pena sobre o balão de ar. Agora o vi mais de perto. Compararia os poros se desse. Estevão me puxou e de deixa o menininho com o cilindro passar, em deixa o menininho com o cilindro passar, sentamos na melhor posição da segunda fileira, bem no centro.

Com o burburinho do povo descontrolado pelo pequeno atraso, uma dança abriu os números. Oito espanholas dançando coreografadas, cabelos com coques, vestidos vermelhos e pretos. Na sequência, o primeiro número dos palhaços, depois acrobatas, malabaristas, palhaços de novo, números com fogos, explosões, o domador de leões da entrada contando uma história longa, emocionado, explicando porque não há mais leões em circos, aplausos, trapezistas, globo da morte, aplausos. Nosso circo de papelão não ficou de todo fora daquela ordem.

Eu via de perto misturado em um delírio bem calculado, com nuances de verdade para confundir. Minha visão turva, ora colorida como disparos de ácidos em meu cérebro, ora preto e branca com o sentimentalismo dos filmes gritados do *Fellini*.

Vez ou outra eu voltava a me desligar, saia do banco frio do picadeiro e voava alado em desvario. Minha mãe me esperando para comer após as apresentações, meus tios fazendo fogueiras à noite para contar histórias, os violeiros que resumiam a vida em músicas, os namoros defesos, as fodas nos porta-malas dos carros, os encontros e os desencontros que só quem não tem endereço fixo sabe.

Os finalmentes da atração estavam com o palhaço Fuinha, que dava sinais não tão importantes quanto seu estabaco para o cara da luz. Lá dentro a homogenia com meu circo não parava, martelo a prego. Poderia jurar ter visto o tio Costela na coxia erguendo as calças. Cada estranheza como se minha. Ainda se eu fosse taoísta, e se bastasse aceitar o caminho à condução da glória. Mas não. Os orientais até sabem das coisas. Menos quando envolve espiritualidade, aí ninguém sabe nada. Minha cabeça em desvios repentinos para baixo não queria dizer oi, eu já fui palhaço, para ninguém dali. Holofotes acesos ao centro remeteram Estevão aos nossos papelões, "iguaizinhos, olha!".

Nem vimos o tempo correr. As luzes se acendendo e brigando com o dia que ainda jazia claro, traziam o adeus. O espetáculo se despedia dos nossos olhos sem muitos dedos. Não para o menino do cilindro que esperava sair são e sem tumulto, ainda que nos cedessem espaço para zerar a cota de boa ação da semana. Os últimos ganhavam doce. Estevão agradeceu o palhaço que fechava a lona da entrada.

Como se fosse um narrador novato de futebol, o menino repetiu em pormenores o que acabara de ver num fôlego só. Das piadas dos palhaços ao movimento dos malabaristas. E repetia o começo. E repetia o meio. E de novo, o fim. Em êxtase.

O táxi agora na volta parecia recital de meninos hiperativos. O motorista pouco se importava com circos e preferiu dirigir com as mãos no saco a se atentar ao menino.

Às 18h guardei Estevão no 301 como previsto. O susto ausente me foi pago com um abraço de quem gostara da fuga. O sentimento de gratidão também pode ser uma escolha. Na proporção se assemelha ao se desculpar. É a afeição guardada quando pelos pés do outro damos alguns passos. Quando pelas mãos do outro damos alguns abraços. Quando pela voz do outro ouvimos. Ser grato é ser um pedaço alheio.

Sentei na portaria, incerto. Não era sonho. O jornal publicando o circo *ilusion* me avisava. Ainda flutuava sobre o desencaixe daquele xadrez afetivo. Eu era a rainha. Eu era a torre. Eu não enxergava o rei. Os peões adormeciam, são os que vão e não voltam, os que mais morrem, os que menos valem, porque são muitos.

Cochilei cansado, até o interfone tocar me pedindo para abrir a porta. Era um morador sem chave. Depois apareceu outro. A pizza chegou. Depois o lanche. Depois alguém chapado cambeteou na marquise.

Depois a noite caiu.

27

Sempre que o livro termina bem eu não gosto e sinto sono. Durmo agitado.

Malfeitor arrombador de portas ou sequestrador de crianças, ou quaisquer outros adjetivos policialescos que o autodecoro pudesse me dar, voltei a nós. Voltamos aos ensaios, diluídos na rotina líquida almando os bonecos nada pasmaceiros, avarentos por aplausos a pelo menos umas 80 mãos, não a quatro.

Estevão trouxe o circo *ilusion* no bolso. Era qualquer gatilho para despejá-lo saguão afora. Enriqueceu os ensaios do nosso circo de papelão com a cordialidade da boa lembrança da nossa fuga. Já passara alguns dias e o espetáculo renascia a cada anamnese. Estevão estava, sobremaneira, criativo. Por conta do experimento decorrido das novas histórias, com mais pausas, e ensaios com mais verossimilitude pelo empirismo tête-à-tête com a lona, merecíamos mais público, que resultaria mais brilharete. Era buscar recompensas feito viciados ricos.

Só pensar: se o improviso imergiu em glórias com dois na plateia, imagina o eco do triunfo que nos chegaria para 30 ou 40 alunos? Certo que levar uma sala inteira à portaria esgotaria a minha inventividade, não se larga uma maratona no meio. Era questão de cabeça.

Se Maristela me ajudasse com a sala, ainda me sobrariam mentiras para cobri-la. Ana Lúcia achacava o trabalho pela cegueira à vida estudantil do filho. O ardil me tocou rapidinho. A professora certa teria que receber minha cara benevolente presa num corpo indefeso de 80. Sou avô dele, mentiria – Maristela e João me abraçariam cúmplices – quero levá-los para ver um cirquinho de papelão. Talvez desse certo. Talvez eu convencesse a diretora.

Fui à escola resolver isso.

O que eu tinha: 20 minutos ida e volta ao colégio, uns dez de choro, meia hora de almoço corrido à escola. Tinha que subir uma rampa longa de concreto que me fez pensar como Estevão fazia quando ali estava. Sem acabamento, o caminho levava a uma porta antiga e descascada de uns três metros de altura. A prancheta do porteiro queria um rigor que não merecia.

"Nome completo."

"Sou o avô do Estevão."

Que eu tenha dito Antunes ou Valcir. Primeira porta à esquerda, força um pouquinho que abre. Aceitei o café. Aceitei sentar. Aceitei sorrir. A diretora não podia agora. A secretária sim. Era só isso? Levar os meninos da sala com o avô do Estevão por uma hora para ver bonecos? Acredito que sim. A professora de Artes tem que ir junto. Alguém tem que ir. Ela deve gostar de circos. Pode sim. A duas semanas dali? As provas acabariam. Use a nossa van. Foi ridiculamente fácil.

A torcida para que Ana Lúcia não aparecesse na escola ou julgassem ser importante alguma reunião extraordinária com ela – o espetáculo sobreviveria.

Empreitada posta à mesa com um suco de laranja que fiz para o comunicado, dali duas semanas apresentaríamos para seus colegas de sala. O menino quis beber mais rápido para salvar aquele minuto e sobrepesá-lo em ensaio. O figurino em anunciação, ágil, contribuía para os bonecos sambarem como na avenida em fevereiro. A fantasia era vistoriada a todo fim de ensaio, Estevão era fugaz no banho tomado, chave atrás da privada e leite quente esperando a mãe voltar. Um bom mentiroso.

Vivíamos aquela quimera livremente presos ao que a fantasia deixava. Amuleto com rodas. O duelo do tempo de algo que queríamos muito, fazia-me fraco se divagado pelo pouco que poderia nos restar. Esquecia de sofrer a maior parte do tempo. O plano de agora e o de longe dependiam do menino sarado. Sou também fim da linha. O que resta? Nem sei se deixarei bom legado com essas velhacarias todas. Se alguém sentirá orgulho em dizer que me conheceu não serão filhos, que não tive, muito menos mulheres, que foram poucas, sem qualquer linhagem. Meu DNA parou em mim. Ato e consequência. Causa e dano. Ou danos, que me fazem querer contar.

    Somado à leveza do Estevão, seu provável afeto à mãe enternecido em novas posturas deleitadas por conversas brandas, a resposta ao fim do castigo. Livros liberados, ele preferia os meus. Sanções derrubadas, mas a porta continuou cerrada. Tudo bem, para mãe pensar que o filho aprendeu a lição.

    Mais espera do correr das duas semanas do que dos ensaios. Decorados, já havia pouco a ser lembrado por nós. Mas a ansiedade que vinha fina afunilou-se toda no último dia de ensaio, feito carne vagabunda para linguiça.

    Aquela minha visita à escola coroou a liberação das crianças para a tarde de sexta-feira em um passeio artístico diferente. A professora ligou no número que eu passara (o número do Fabuloso) e combinamos os detalhes. Escola pública é menos exigente. Qualquer octogenário dizendo ser avô convence. Sem isso de documentos e comprovações. Pobre qualquer um pega. É aquele menino ranhento ali, facinho.

Fritei bife para o almoço pela roupa de gala que o dia preliminar vestia. Era quinta-feira a poucas horas da reestreia. O ensaio integral foi capaz de nos reunir em um patuá só e nos fez asseverar o mínimo de falhas para o nosso futuro público numeroso. Cobertores nas janelas condescenderam a noite entrar à nossa revelia. Tão absorto, eu havia deixado a porta aberta para os moradores não encherem o saco no interfone. À merda com os que reclamavam. Alguns paravam para ver. Outros passavam sob rezinga. Eu me escondi nos sussurros que passavam por nós. Ensaiamos tanto à exaustão que, à nossa insubmissão, o tumulto final de trabalhadores das 18h às 20h nada avisou. Perdemos a hora, entramos à noite com o último ensaio, a fantasia, os bonecos, os papelões.

Silêncio surpreso.

A cadeira recebeu meus pés arfados. O circo inflamando minha garganta em palavras. Respeitável público. Senhoras e senhores. O mundo da imaginação. O circo. O faz de conta. O *Gran Cyrco Fabulozzo*. E a rouquidão bateu nas paredes, subiu ao teto e saiu às ruas com o meu diafragma esvaziado, não se importando com os limites.

Estevão entrou versado. Mãos por cima das caixas – entre fios e ferros – pareciam outras danças, agora o *Lago dos cisnes*, de Tchaikovski. Só conseguia pensar em balés coreografados no transbordar dos dedos, no ali ficarmos infinitos. Transferimos a *Dorothy* para o nosso caminho mais modesto, brilhantemente sem ouro. Quando das falas, eu fazia melhor de olhos fechados. Assim é para enxergar a respiração.

O *Gran Cyrco Fabulozzo* não à toa para o mundo, que fosse uma faísca ou uma devastação. A luz da lanterna mais forte desenhava sombras no rosto do Estevão. Eu desenhava de volta.

Pelas troças de todo drama, arrastado com a cortina que decretava o fim do ensaio, habilmente puxada pelos meus dedos, um barulho diferente à noite madura. Atrás das lanternas perfilhadas alguém avisando que esquecemos da hora: Ana Lúcia nos olhando pétrea. Quando acendi as luzes vi seu nariz vermelho-chorado.

Estevão translúcido apreensivo era meu e dela. A tosse nervosa poderia não ter começado. Nem a segunda bateria de tosse. Seus olhos para mim como despedida de viagem longa. Os bonecos se atiraram das suas mãos. Em um ou dois segundos ele se venceu também inerte sobre eles. Os braços da mãe ainda o viraram com o rosto para cima, um fôlego mais duro com as pequenas mãos tentando tirar um ar à força da boca. O rosto não podia estar roxo como estava, ele estava prestes a cair, a desacordar, e assim que eu o segurei ele estav...

28

Aquele diário acabou assim, com anotações mortas numa palavra pela metade: "estav...". Como um tiro na cabeça no final de um filme sem poupar o peso das tomadas. A sangue-frio. De quem conta casos se aceita a morte rompante.

Os médicos tinham sido convocados pela secretaria de saúde para fazerem o recolhimento e a perícia de um corpo encontrado no abandonado e destruído Edifício Fabuloso, que estava baldio havia anos. O andarilho seria Inácio, que possuía graves problemas mentais, era conhecido no bairro e morava como invasor no térreo daquele prédio; estava morto, e já fedia. Os vizinhos reclamaram do cheiro. O corpo sem vida sob as folhas que retiraram havia pouco era mesmo então do velho palhaço porteiro. Estreme em um traçado regrado pelo abismo próximo de duas vidas. Eles se impuseram entender as folhas dispersas sobre as suas mãos e também sobre a cama, deliberando uma ou duas lágrimas. Não esperavam a surpresa, da rigidez dos relatórios à altivez de uma história. Digestão macerada do manuscrito do Inácio que acabaram de ler. Nada que fizesse sentido de um lado. Explicações suspicazes de outro.

Antes de os médicos tirarem os tapumes que fechavam o edifício, vizinhos curiosos cercavam o furgão do IML:

"Era sujeito bom", a senhora falou como se rezasse.

"Delirava muito, mas não mexia com ninguém."

"Ele era muito pancada", alguém disse alto.

"Como ele chamava? Era sozinho?"

O Edifício Fabuloso não era o grande prédio dito nos papéis: era predinho de cinco andares, quadrado, valado com pranchas de madeira e todo pichado por fora, sem elevadores.

Pelo embargo judicial, estava havia 30 anos fechado com madeirites rachadas e sujas. Brecha fácil de abrir chuva após chuva. E o abandonado era só do velho andejo. Ninguém mais entrava. Ele gritava com quem tentasse. Não deixava, fazia escândalo. Nem se contava os vizinhos que levavam comida. Um monumento vivo da rua, que pavoneava falando sobre livros, cinemas, escritores e pessoas, mesclando lucidez literária com fantasias ao falar sozinho com amigos imaginários, andando com caixas de papelão, nariz de palhaço, deitando sobre o chão.

Como médicos, prudente que buscassem pistas àquela morte. Na alcova, algum fio condutor que fechasse o enredo triste, da morte desassistida, de um louco prédio. Nada. Nada além dos papéis lidos. Daquele diário tão bem escrito que tanto contava.

Os poucos curiosos que permaneceram na calçada após o tempo que os médicos leram o diário abriram espaço. Dos tapumes tombados, um joelho vagaroso levantado de alguém. Pés arrastados sem cabeça caída e queixo alto sobre os olhos dos médicos, que o esperaram cruzar o saguão sujo sem tombar ao seu encontro. Teriam o tempo das páginas reviradas. Ele teria algo a dizer, não parecia curioso. Idade semelhante a do morto, traria algo.

Aquele senhor que caminhava em direção aos médicos, como num calvário, usava um cardigã cinza claro e uma calça social bege sobre as rugas. Passou pelos peritos sem efusão e tirou dos olhos algo triste a ser consolado pelo quarto que via. Silêncio morteiro. O ar era esse, de questão. De filme de medo com *jumpscare*.

Afogado, passeando o rosto molhado pelas paredes, pelos médicos, pela cama. Com uma das mãos segurava a batente, como se ela dependesse do seu escoro para a sustentação do prédio todo.

"Então ele se foi."

Os médicos deixaram a ausência do ruído conduzir. Com os perguntadores dissipando lá fora, o quarto parecia maior. Antes frases esparsas que dissessem algo.

"Já nem me reconhecia mais", foi o que se ouviu.

"Ele não te reconhecia?"

"Às vezes lembrava, às vezes não", disse vago, agora olhando para os médicos, instalando o diálogo.

"Quem é o senhor?"

"João."

Nas paredes o som bateu e arrefeceu.

"Inácio? Era esse o nome dele?"

Interesse pericial menor que a curiosidade.

"Isso, Inácio Estevão, meu melhor amigo. Meu e da Maristela, minha irmã."

"Inácio Estevão, era o nome completo dele?", retórica quase inaudível.

Queriam compreender mais calados do que pelas perguntas. João deixou com que se restabelecessem.

"A gente era do mesmo circo."

As respostas pareciam se embaralhar numa dialética confusa, quando afirmação e negativa se concluem sem novas propostas. Seguiram reduzidos.

"O circo fechou."

"E quando foi isso?"

"Vocês nem eram nascidos. Tem tempo."

João andou com muito custo para dentro do quarto. Pegou um pedaço de papelão, como se com ele conversasse. Cada um para um canto.

"Inácio sofreu. Não ficou bem no começo quando o circo fechou, às vezes só que falava coisa com sentido. Durou pouco. Piorou. Ficou louco."

O ponto que fecha a pele cortada. O que leram estava naquela boca. Descobriram que o corpo era mesmo do Inácio, era mesmo de um ex-palhaço de circo. Foi a vez de João colher dúvida. Os médicos sacudiram a cabeça um para o outro. Um deles organizou as folhas com o cuidado do sistema, formando um calhamaço só e lhe entregou.

"Ele deixou isso."

João passou os olhos sobre as primeiras folhas. Suas mãos tremidas disseram por si. Não queria ler. Dali, cresceram juntos. Inácio diferente dos demais, ele disse pretérito. E continuou falando: ele, desde criança, andava com um balãozinho de ar, respirava mal. João agitava os papéis numa tremedeira crescente. Que o seu pai tinha Inácio como filho. Que os bonecos eram do circo que montaram. Costela, meu pai se chamava Costela. Ou tio Costela, para os outros. João devolveu os papéis para um dos médicos.

"E a mãe?"

"Ana Lúcia."

"Ana Lúcia?"

"Isso."

"Ana Lúcia, tem certeza?"

"Ela já se foi faz tempo."

Nomes que carregavam aquele mundo: Ana Lúcia, Costela, João. E Inácio, Estevão – achados numa pessoa só.

Então era isso, o diário era o delírio do velho falando consigo mesmo quando criança. Inácio alucinava e por alguma razão conseguiu organizar tudo naquelas folhas, como se fosse real, como se fosse palpável.

O barulho de fora de carro ou outro. Um tapume rangendo como se fosse amigo dos três. João entendeu a cruzada entre o que dizia e o papel manuscrito. Um detalhe ou outro inserido pela fantasia. Tudo bem. João, menos barruntado, certo de que caixas, livros, silêncio e papéis passados tinham ouvidos lídimos. Abriu a única gaveta cerrada. Pano velho, mas brilhante. Pegou o nariz de palhaço vermelho desbotado, mas intacto. Sapatões com as solas descoladas.

"Foi costurada pela Ana Lúcia. Não é que ele guardou? A gente chamava ele de Palhaço Montanha", João finalizou sem saber que sim.

Nome que faltava. Inquietos, os três.

"Vocês não o conheceram, né?", João perguntou sem esperar pela resposta. Com a vagareza invisível que entrou, foi sorvido pela tarde.

Ninguém mais do lado de fora.

Dados Internacionais de Catalogação na Publicação (CIP)
de acordo com ISBD

R696d
Rodrigues, Tadeu
  Depois que as luzes se apagam / Tadeu Rodrigues
  São Paulo: Editora Nós, 2022
  128 pp.

  ISBN 978-85-69020-61-5

1. Literatura brasileira. 2. Romance. I. Título.

	CDD 869.89923
2022-3218	CDU 821.134.3(81)-31

Elaborado por Odilio Hilario Moreira Junior, CRB-8/99490

Índice para catálogo sistemático:
1. Literatura brasileira: Romance 869.89923
2. Literatura brasileira: Romance 821.134.3(81)-31

© Editora Nós, 2022

Direção editorial SIMONE PAULINO
Editora RENATA DE SÁ
Assistente editorial GABRIEL PAULINO
Projeto gráfico BLOCO GRÁFICO
Assistente de design STEPHANIE Y. SHU
Revisão GABRIELA ANDRADE
Produção gráfica MARINA AMBRASAS

Imagem de capa MIGUEL THOMÉ
Dentro, 2022, 50 × 60 cm, acrílica sobre tela

Texto atualizado segundo o novo
Acordo Ortográfico da Língua Portuguesa

Todos os direitos desta edição reservados à Editora Nós
Rua Purpurina, 198, cj 21
Vila Madalena, São Paulo, SP, CEP 05435-030
www.editoranos.com.br

Fonte ROMAIN
Papel PÓLEN NATURAL 80 G/M²
Impressão MARGRAF